우리가 정말 알아야 할 우리 고전

홍계월전

우리가 정말 알아야 할 우리 고전 기획 위원
고운기 | 한양대학교 문화콘텐츠학과 교수
김현양 | 명지대학교 방목기 교육대학 교수
정환국 | 동국대학교 국어국문학과 교수
조현설 | 서울대학교 국어국문학과 교수

홍계월전
우리가 정말 알아야 할 우리 고전

초판 1쇄 발행 | 2011년 10월 20일
초판 3쇄 발행 | 2021년 6월 5일

글 | 유광수
그림 | 홍선주
펴낸이 | 조미현

편집주간 | 김현림
교정교열 | 김성천
디자인 | 디자인 나비

펴낸곳 | (주)현암사
등록 | 1951년 12월 24일 · 제10-126호
주소 | 04029 서울시 마포구 동교로12안길 35
전화 | 365-5051　팩스 | 313-2729
전자우편 | editor@hyeonamsa.com
홈페이지 | www.hyeonamsa.com

글 ⓒ 유광수 2011
그림 ⓒ 홍선주 2011

ISBN 978-89-323-1599-7 03810

- 이 도서의 국립중앙도서관 출판시도서목록(CIP)은
  e-CIP 홈페이지(http://www.nl.go.kr/ecip)에서
  이용하실 수 있습니다. (CIP제어번호 : 2011004258)

- 이 책은 저작권법에 따라 보호받는 저작물이므로 저작권자와 출판사의 허락 없이
  이 책의 내용을 복제하거나 다른 용도로 쓸 수 없습니다.
- 지은이와 협의하여 인지를 생략합니다.

우리가 정말 알아야 할 우리 고전

홍계월전

글 유광수 | 그림 홍선주

㈜현암사

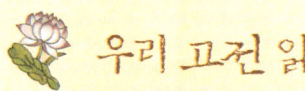
우리 고전 읽기의 즐거움

문학 작품은 사회와 삶과 가치관을 총체적으로 담고 있는 문화의 창고이다. 때로는 이야기로, 때로는 노래로, 혹은 다른 형식으로 갖가지 삶의 모습과 다양한 가치를 전해 주며, 읽는 이에게 기쁨과 위안을 주는 것이 문학의 힘이다.

고전 문학 작품은 우선 시기적으로 오래된 작품을 말한다. 그러므로 낡은 이야기일 수 있다. 그러나 그 속에 담긴 가치와 의미는 결코 낡은 것이 아니다. 시대가 바뀌고 독자가 달라져도 고전이라는 이름으로 여전히 많은 사람에게 읽히는 작품 속에는 인간 삶의 본질을 꿰뚫는 근본적인 가치가 담겨 있다. 그것은 시대에 따라 퇴색되거나 민족이 다르다고 하여 외면될 수 있는 일시적이고 지역적인 것이 아니다. 시대와 민족의 벽을 넘어 사람이면 누구나 공감할 수 있는 보편적이고 세계적인 것이다. 그렇기 때문에 우리가 톨스토이나 셰익스피어 작품에서 감동을 받고, 심청전을 각색한 오페라가 미국 무대에서 갈채를 받을 수도 있다.

우리 고전은 당연히 우리 민족이 살아온 궤적을 담고 있다. 그 속에 우리의 지난 역사가 있고 생활이 있고 문화와 가치관이 있다. 타인에게 관대하고 자신에게 엄격한 공동체 의식, 선비 문화 속에 녹아 있던 자연

친화 의지, 강자에게 비굴하지 않고 고난에 굴복하지 않는 당당하고 끈질긴 생명력, 고달픈 삶을 해학으로 풀어내며 서러운 약자에게는 아름다운 결말을 만들어 주는 넉넉함…….

사람과 사람, 사람과 자연의 '어울림'을 중요하게 생각했던 우리의 가치관은 생활 속에 그대로 녹아서 문학 작품에 표현되었다. 우리 고전 문학 작품에는 역사가 기록하지 않은 서민의 일상이 사실적으로 전개되며 우리의 토속 문화와 생활, 언어, 습속이 구체적으로 드러난다. 작품 속 인물들이 사는 방식, 그들이 구사하는 말, 그들의 생활 도구와 의식주 모든 것이 우리의 피 속에 지금도 녹아 흐르고 있음이 분명하지만 우리 의식에서는 이미 잊힌 것들이다.

그것은 분명 우리 것이되 우리에게 낯설다. 고전을 읽음으로써 우리는 일상에서 벗어나 그 낯선 세계를 체험하는 기쁨을 얻게 된다. 몰랐던 것을 새롭게 아는 것이 아니라 잊었던 것을 되찾는 신선함이다. 처음 가는 장소에서 언젠가 본 듯한 느낌을 받을 때의 그 어리둥절한 생소함, 바로 그 신선한 충동을 우리 고전 작품은 우리에게 안겨 준다. 거기에는 일상을 벗어났으되 나의 뿌리를 이탈하지 않았다는 안도감까지 함께 있다. 그것은 남의 나라 고전이 아닌 우리 고전에서만 받을 수 있는 선물이다.

우리 고전을 읽어야 한다는 데는 이미 많은 사람이 공감한다. 고전 읽기를 통해서 내가 한국인임을 자각하고, 한국인이 어떻게 살아왔으며, 어떻게 살아가야 할지 알게 하는 문화의 힘을 느낄 수 있다.

하지만 고전은 지난 시대의 언어로 쓰인 까닭에 지금 우리가, 우리의 청소년이 읽으려면 지금의 언어로 고쳐 쓰는 작업이 반드시 선행되어야 한다. 우리가 쉽게 접하는 세계의 고전 작품도 그 나라 사람들이 시대마다 새롭게 고쳐 쓰는 작업을 거듭한 결과물이다. 우리는 그런 작업에서 많이 늦은 것이 사실이다. 이제라도 우리 고전을 새롭게 고쳐 쓰는 작업을 할 수 있는 것은 우리의 문화 역량이 여기에 이르렀다는 방증이다.

현재 우리가 겪는 수많은 갈등과 문제를 극복할 해결의 실마리를 고전 속에서 찾을 수 있다고 확신하면서 우리 고전을 지금의 언어로 고쳐 쓰는 작업을 시작한다. 이 작업은 여기에서 멈추지 않고 앞으로도 시대에 맞추어 꾸준히 계속될 것이다. 또 고전을 읽는 데서 끝나지 않을 것이다. 우리 고전은 우리의 독자적 상상력의 원천으로서, 요즘 시대의 화두가 된 '문화 콘텐츠'의 발판이 되어 새로운 형식, 새로운 작품으로 끝없이 재생산되리라고 믿는다.

'우리가 정말 알아야 할 우리 고전'을 기획하면서 우리는 다음과 같은 몇 가지 원칙을 세웠다.

먼저 작품 선정에서 한글·한문 작품을 가리지 않고, 초·중·고 교과서에

수록된 작품을 우선하되 새롭게 발굴한 것, 지금의 우리에게도 의미 있고 재미있는 작품을 포함시키기로 하였다.

그와 함께 각 작품의 전공 학자들이 적극적으로 참여하여 판본 선정과 내용 고증에 최대한 정성을 쏟았다. 아울러 원전의 내용과 언어 감각을 훼손하지 않으면서도 글맛을 살리기 위해 여러 차례 윤문을 거쳤다.

마지막으로 시각 효과를 높이기 위해 내용에 맞는 그림을 곁들였다. 그림만으로도 전체 작품의 흐름을 알 수 있도록 화가와 필자가 협의하여 그림 내용을 구성했으며, 색다른 그림 구성을 위해 순수 화가와 사진작가를 영입하기도 하였다.

경험은 지혜로운 스승이다. 지난 시간 속에는 수많은 경험이 농축된 거대한 지혜의 바다가 출렁이고 있다. 고전은 그 바다에 떠 있는 배라고 할 수 있다.

자, 이제 고전이라는 배를 타고 시간 여행을 떠나 보자. 우리의 여행은 과거에서 출발하여 앞으로 미래로 쉼 없이 흘러갈 것이며, 더 넓은 세계에서 더 많은 사람을 만나며 끝없이 또 다른 영역을 개척해 갈 것이다.

우리가 정말 알아야 할 우리 고전
기획 위원

차례

우리 고전 읽기의 즐거움 • 4

세상에 태어난 달나라 선녀 • 10

뿔뿔이 흩어진 가족 • 18

푸른 강물에 던져진 슬픔 • 24

한밤중의 도망 • 29

뜻밖의 도움 • 36

벽파도 귀양 • 41

극적인 재회 • 45

장원급제 • 55

대원수 홍평국 • 62

하늘이 버린 장수 • 68

불길에 휩싸인 홍 원수 • 75

감격적인 상봉 • 84

개선장군 홍평국 • 95

탄로 난 정체 • 104

황제의 중매 • 111

독수공방 • 119

오·초의 반란 • 126

맹길의 계책 • 134

계월의 복수 • 139

다시 여자된 슬픔 • 150

곽 도사의 은혜 • 157

여보국의 출전 • 167

오방 구슬과 옥 호리병 • 171

새로운 오왕과 초왕 • 178

마지막 액운 • 183

작품 해설 억눌린 시대, 빛나는 여성상을 제시한 여성영웅소설 • 191

세상에 태어난 달나라 신녀

중국 명나라 때 연호*를 성화成化로 쓰던 시절이었다. 형주 땅 구계촌에 한 선비가 살았다. 홍무라는 이 선비는 대대로 높은 벼슬을 한 이름 있는 집안의 자손으로, 그도 일찍 과거에 급제해 황제가 있는 서울 장안에서 벼슬을 했다. 벼슬이 이부시랑이었으므로, 사람들이 그를 '홍 시랑'이라 불렀다. 홍 시랑은 매사에 충성스럽고 강직했다. 그래서 황제가 그를 사랑하여 자주 불러 나랏일을 의논했다. 하지만 간신들은 그런 홍 시랑을 시기하여 모함을 해 댔다.

그는 이런 어지럽고 복잡한 일에 마음이 상해 벼슬을 사임하고 고향인 형주 구계촌으로 내려와 농사를 지으며 지냈다. 살림살이는 넉넉했고 높은 벼슬을 했기에 존귀함은 으뜸이었다. 하지만 슬하에 자식이 하나도 없어 그것을 늘 섭섭해했다.

어느 날 부인 양씨와 같이 앉아 있을 때였다. 시랑이 부인에게 말했다.

"우리 나이가 벌써 마흔이 넘어가는데 자식이 없으니 걱정이구려. 우리가 죽고 나면 누구에게 집안을 맡기고, 또 제사를 받들게 할지…….
저승에 가도 조상님들 뵐 면목이 없구려."

부인이 몸 둘 바를 몰라 하며 말했다.

"불효하는 죄가 삼천 가지 있지만, 그중에 가장 큰 죄가 자식 없는 것임을 저도 잘 압니다. 제가 이 가문에 시집온 지 이십여 년이 지났지만 아직도 자식이 없으니, 무슨 낯으로 당신을 보겠어요."

부인이 고개를 숙이고 말을 이었다.

"이제 바라건대 다른 가문에서 어진 여자를 골라 첩으로 삼으세요. 그렇게 해서라도 자식을 얻어야 제 죄가 사라질 것 같아요."

그러자 시랑이 부인을 위로했다.

"아니오. 이는 다 내 팔자일 뿐이오. 어찌 부인의 죄라고 하겠소? 첩을 얻으라는 말은 다시 입 밖에 내지도 마시오."

그렇게 지내던 어느 날이었다. 부인이 방 안에 있는데, 갑자기 몸이 피곤해졌다. 그래서 침석枕席에 비스듬히 기대어 잠깐 졸았다. 그때 비몽사몽간에 하늘이 열리더니, 선녀가 오색구름을 타고 내려왔다. 선녀가 부인에게 절하고는 말했다.

"부인에게 자식이 없는 것을 옥황상제께서 불쌍하게 생각하고 계십니다. 그러시더니 이 계수나무 가지 하나를 드리라고 하셨어요. 어여삐 여겨서 주세요."

그러고는 계수나무 가지를 부인의 품에 안겨 주었다. 부인이 두 손으로 받아 들며 고맙다는 인사를 하려고 몸을 일으키는데, 그 바람에 퍼

연호年號 한자(漢字)를 사용하는 군주 국가에서 쓰던 연도 세는 방법

뜩 꿈에서 깨었다. 부인은 방금 전 그 일이 꿈이란 것을 알았다. 하지만 선녀가 하던 말이 귓가에 쟁쟁하고, 품에 안겨 준 계수나무 가지가 눈에 선했다. 향내까지 나는 것 같았다.

  부인은 곧바로 일어나 바르게 앉고는 옷을 가지런히 여미고서 하늘을 향해 두 손을 모아 감사의 예를 올렸다. 그리고 남편 홍 시랑을 불러 꿈 이야기를 했다. 홍 시랑은 크게 기뻐하며 부인의 손을 잡고 말했다.

  "이제 평생의 소원을 이루겠구려. 귀한 아들을 얻었으면 좋겠소."

  시랑은 기쁨에 겨워 어쩔 줄 몰라 했다.

  정말 그달부터 부인에게 태기胎氣가 있었다. 그리고 배가 점점 불러 왔다. 부인은 열 달 내내 사내아이 낳기를 하늘에 빌었다. 열 달째 되는 어느 날이었다. 갑자기 집 안에 향내가 진동하기 시작했다. 부인은 방 안에 있었는데 몸이 노곤해지면서 맥이 풀렸다. 그래서 잠시 쉬려고 자리에 누우려 했다. 그때 홀연 방 안에 예전 꿈에서 보았던 선녀가 나타났다. 그 선녀 뒤로 다른 선녀들도 같이 왔는데, 한 명은 영롱한 빛을 발하는 옥병을 들고 있었다. 꿈에 보았던 선녀가 말했다.

  "저희는 달나라 궁궐에 사는 선녀들입니다. 옥황상제의 명을 받들어 부인께서 해산하시는 것을 도우려고 왔습니다. 옷을 벗으시고 이불에 누우세요."

  그 말에 부인이 어쩔 줄 몰라 했다. 이윽고 선녀의 도움을 받아 자리에 누우니, 얼마 후 정신이 아득해졌다. 그런 가운데 아이를 낳았다. 옥 같은 딸아이였다. 옥병을 든 선녀가 병에 담아 온 향기로운 하늘의 물로 아이를 씻겼다. 그러고는 아이를 부인 옆에 뉘었다. 선녀들은 사랑이 가득 담긴 미소를 짓고는 하늘로 날아가려 했다. 그때 부인이 선녀에게 말했다.

"저를 위해 이렇게 누추한 곳까지 오셔서 애써 주시니 정말 고맙습니다. 이 은혜는 죽어도 잊지 않겠습니다."

"며칠 더 지내면서 부인과 아이를 돌보고 싶지만 그럴 수 없네요. 천기를 누설할 수 없어 그냥 돌아갑니다. 아마 훗날 다시 뵈올 때가 있을 겁니다."

선녀가 이렇게 말하며 미소를 지었다. 그러자 어디로 갔는지 선녀들이 방 안에서 사라졌다. 부인이 시중드는 몸종을 불렀다.

"어서 가서 시랑을 모셔 오너라."

몸종의 연락을 받은 홍 시랑이 급히 달려왔다. 시랑은 태어난 아이의 얼굴이 복숭아꽃 같고 아침 이슬을 한껏 머금은 듯 맑게 빛나는 데다, 몸에서 향기가 진동하는 것을 보고 크게 기뻐했다. 하지만 사내아이가 아닌 것을 조금 아쉬워했다. 시랑은 전에 부인이 꾸었던 꿈에서 선녀가 계수나무 가지를 주었던 일을 떠올렸다. 그래서 아이의 이름을 '계월'*이라 부르자고 했다.

어느덧 계월이 세 살이 되었다. 옥 같은 얼굴이 빛나고 치렁치렁한 머리카락이 곱고 예뻤다. 게다가 배우지 않아도 글을 쉽게 깨칠 정도로 총명했다. 아버지 홍 시랑은 딸이 너무 총명한 것이 걱정되었다. 지나치게 뛰어난 재주가 자칫 딸의 운명을 눌러 일찍 죽지나 않을까 염려했다. 그래서 세상에 이름 높은 곽 도사라는 분을 청하여 계월의 관상을 봐 달라고 했다.

계월을 본 곽 도사는 한참을 말없이 앉아 있기만 했다. 그저 계월의 얼굴만 바라보고 있었다. 조바심이 난 시랑이 관상이 어떤지 말해 달라고 했다. 하지만 도사는 아무 말도 하지 않았다. 거듭 재촉하자, 이윽고 곽 도사가 마지못해 입을 열었다.

"다섯 살에 부모를 이별하고 이리저리 떠돌아다닐 거요. 게다가 세 번 죽을 상相이로군. 정말 불길해……."

홍 시랑은 너무 놀라 아무 말도 할 수 없었다. 곽 도사가 말을 이었다.

"하지만 사주•를 보니 우연히 어진 사람을 만나 귀하게 되겠군. 스무 살쯤에 부모를 다시 만나 벼슬을 하고 지위가 높아져 명성이 온 세상에 진동할 것이오. 그러니 어찌 보면 길吉하기도 하고……."

이 말에 홍 시랑이 도사에게 간청했다.

"도사님, 만약 이 아이가 부모와 이별하게 된다면, 그때 도사께서 이 아이를 찾아 보살펴 주시기를 부탁드립니다."

곽 도사가 인상을 찌푸렸다.

"내 이래서 말을 하지 않은 건데……."

그러더니 자리에서 벌떡 일어나 소매를 떨치며 방에서 나가 버렸다. 쫓아 나갔지만 벌써 어디로 가 버렸는지 도사의 모습은 보이지 않았다. 놀란 홍 시랑은 부인을 찾아가 도사가 한 말을 들려주었다. 부인도 걱정이 이만저만이 아니었다. 딸과 이별하게 될까 봐 부부는 날마다 애를 태웠다.

계월桂月 계월이라고 이름을 지은 것은 꿈에서 선녀가 계수나무 가지를 주었기 때문이다. 여기에는 두 가지 이야기가 합해져 있는데, 달나라 계수나무 아래서 신선이 되는 약을 만들기 위해 절구질을 하는 토끼 이야기와 달나라에 산다는 절세 미녀 항아(姮娥) 이야기이다. 그 둘을 합해 달에 사는 선녀, 항아처럼 아름다운 여성을 드러내는 이름으로 '계월'이라 지은 것이다. 그래서 계월은 자랄수록 매우 빼어난 미모를 지닌 여자가 될 것임을 알 수 있다.

사주四柱 사람이 출생한 연·월·일·시의 간지(干支)

어느 날 홍 시랑이 부인에게 말했다.

"도사의 말은 분명 딸에게만 해당되는 일일지도 모르오. 우리 계월에게 남자 옷을 입혀 남자처럼 키웁시다."

부인도 그러자고 했다. 그래서 부부는 계월에게 남자 옷을 입혀 키웠다. 그러고도 무슨 일이 날까 염려해 집 안 깊숙한 곳에서 지내게 하고는 집 밖으로 한 걸음도 나가지 못하게 했다.

시랑은 계월에게 글을 가르쳤다. 계월은 열심히 배웠다. 영민하고 빼어나기가 천하에 당할 자가 없을 것 같았다. 시랑은 그런 딸의 모습을 보고 탄식했다.

"네가 남자였다면 커서 문장으로는 이태백•보다 뛰어날 것이고, 검술劍術로는 삼국 시절의 관운장•이나 조자룡•, 마초•보다 훨씬 나을 것이다. 하지만 규방• 안에서 평생을 살아야 하는 여자니, 어찌 슬프지 않겠느냐."•

슬픈 마음이 더해져 시랑은 계월을 금처럼 옥처럼 더욱 애지중지했다.

이태백李太白(701~762년) 본명은 이백(李白)으로 태백은 자(字)이다. 중국 당나라 때 시인으로 두보(杜甫)와 함께 중국 최고의 시인으로 꼽힌다. 시선(詩仙)이라 불린다.
관운장關雲長(?~219년) 본명은 관우(關羽)로 운장은 자이다. 중국 삼국 시대 촉한의 무장으로 유비, 장비와 의형제를 맺고 어지러운 세상에서 큰 활약을 벌였다.
조자룡趙子龍(?~229년) 본명은 조운(趙雲)으로 자룡은 자이다. 중국 삼국 시대 촉한의 무장으로 무예가 출중했는데 특히 창을 잘 썼다. 관우, 장비, 황충, 마초와 함께 촉나라의 오호대장군(五虎大將軍)으로 불렸다.
마초馬超(175~222년) 자는 맹기(孟起)이다. 중국 삼국 시대 촉한의 무장으로 뛰어난 무예 실력을 지녔다.
규방閨房 부녀자들이 거처하는 방
네가~않겠느냐 옛날에 남자들이 관직에 나가면 문관(文官)이 되든지 무관(武官)이 되었다. 문관은 글재주가 뛰어나야 하고 무관은 무예가 뛰어나야 했다. 이태백은 글재주가 탁월한 대표적 인물이고, 관운장, 조자룡, 마초 등은 무예가 빼어난 것으로 널리 알려진 인물들이다. 그래서 계월을 두고 아버지가 이렇게 말한 것은 남자로 태어나지 못한 것에 대한 안타까움의 표현이지만, 훗날 계월이 문무(文武)에서 모두 뛰어난 활약을 할 것임을 암시해 주기도 한다.

뿔뿔이 흩어진 가족

계월이 다섯 살 되던 해의 일이다.

홍 시랑에게는 예전 서울 장안에서 이부시랑 벼슬을 할 때 절친하게 지내던 정공이라는 친구가 있었다. 어느 날 문득 그 정공이 생각났다. 정공도 간신의 모함을 받아 벼슬을 사임하고 자신의 고향인 호계촌으로 돌아가 있었다. 그렇게 장안에서 헤어진 지 수십 년이 지났는데, 그동안 한 번도 만나지 못했기에 몹시 보고 싶어졌다. 홍 시랑은 그를 찾아가기로 마음먹었다. 며칠 동안 선물을 준비하고 정공과 함께 즐길 술과 안주를 잔뜩 장만했다. 정공의 고향 호계촌으로 떠나는 날이 되었다. 시랑은 부인과 계월에게 작별 인사를 건넸다.

"부인, 내가 없는 동안 계월이를 잘 보살피시오."

시랑이 계월을 어루만지며 부인에게 뒷일을 부탁했다.

홍 시랑이 사는 구계촌에서 정공이 사는 호계촌까지는 삼백오십 리였다. 시랑은 여러 날이 걸려 호계촌에 다다랐다. 정공이 사는 집은 쉽게 찾을 수 있었다. 마루에 앉아 있던 정공이 느닷없이 찾아온 홍 시랑을 보고 놀라 버선발로 뛰어 내려왔다. 둘은 서로 손을 잡고 크게 기뻐했다. 방 안에 들어와 마주 앉자 정공이 말했다.

"벼슬에서 물러나 이곳에 와서 산천을 구경하며 세월을 보냈는데, 좋기는 하나 벗이 없어 매일같이 적적했다네. 때때로 자네 생각을 했는데 뜻밖에 이렇게 먼 곳을 찾아올 줄은 몰랐네. 정말 기쁘고 반갑네."

정공은 감격에 겨워 눈물을 흘릴 지경이었다. 홍 시랑과 정공은 그동안 쌓인 이야기를 서로 풀어내며 밤을 새웠다. 그렇게 사흘이 지났다. 홍 시랑이 이제 집으로 돌아가야겠다고 하니, 정공이 섭섭해하며 시랑을 마을 어귀까지 따라 나왔다. 이제 언제 만날지 모르겠다며 아쉬워하는 정공을 뒤로하고 시랑은 호계촌을 떠났다.

홍 시랑이 집을 향해 가던 중 여남 지방을 지날 때였다. 날이 저물어 북촌이란 곳에서 하룻밤을 머무르게 되었다. 그는 나그네들이 묵는 여관에 숙소를 정하고 밤을 지냈다.

그다음 날 새벽, 갑자기 여관 밖에서 큰 소리가 들려왔다. 군대가 행군하는 소리에 말들이 달리는 소리, 북소리, 함성 소리가 뒤섞였다. 천지가 진동하며 세상이 떠나갈 듯 울리는 통에 시랑이 깜짝 놀라 벌떡 일어났다. 방에서 뛰쳐나와 숙소 밖으로 나가 보니, 피란하는 백성들이 서로 뒤엉켜 소리를 고래고래 질러 대고 있었다. 놀란 시랑이 지나가는 사람을 붙들고 무슨 영문인지 물었다.

"장사랑이라 하는 자가 북방에서 반란을 일으켰답니다. 양주 목사 두 후중과 합세해서 군사 십만을 거느리고 쳐들어왔는데 벌써 형주 오십여 성을 공격해 항복시켰답니다. 여주 자사 송 시랑도 그에게 목이 달아났답니다. 지금은 서울 장안을 공격해 황제가 계신 황성을 함락하고

야 말겠다고 큰소리를 떵떵 치며 밀물처럼 몰려온답니다. 더욱이 놈들이 지나는 곳마다 노략질을 해 대고 사람들을 마구 죽여서 마을이 모두 쑥대밭이 되었답니다. 그래서 지금 우리는 목숨이나 보존하려고 도망치는 중입니다."

이 말을 들은 홍 시랑은 그만 정신이 까마득해졌다. 장사랑이 진격한다는 방향이 집이 있는 곳이었기 때문이다. 게다가 길 가는 사람들이어서 서둘러 도망쳐야 한다고 재촉하는 말에 마음이 다급해졌다. 시랑도 어쩔 수 없이 여관을 나와 산중으로 사람들을 따라 도망쳤다. 시랑은 산속으로 들어가며 부인과 딸 계월 생각에 슬픔이 북받쳤다. 계월의 이름을 부르며 하늘에 빌고 또 빌었다. 층암절벽 사이로 들어가서 숨죽이며 숨었다. 일단 한숨을 돌리니 맥이 탁 풀리며, 부인과 계월의 모습이 눈에 밟혀 가슴이 터질 듯이 미어졌다.

이때 구계촌에서는 부인과 계월이 홍 시랑이 돌아오기를 손꼽아 기다리고 있었다. 그러던 어느 날 밤중이었다. 집 밖에서 요란한 소리가 났다. 잠에 들려다 깬 부인이 몸종인 양운을 불렀다.

"무슨 일 때문에 이렇게 밖이 소란한 게냐?"

양운이 달려와 말했다.

"마님, 북방에서 도적들이 일어났답니다. 수많은 병사들을 이끌고 내려오는데 지나는 곳마다 사람들을 해코지 한대요. 그래서 백성들이 도망치느라 부산하고 소란스러운 거예요. 마님, 저희도 어서 피란을 가야 할 것 같아요."

양운의 말에 부인은 눈앞이 깜깜해지는 것 같았다. 정신없이 계월을 불렀다. 달려온 계월을 품에 끌어안고 어쩔 줄 몰라 했다. 양운이 보다 못해 그런 부인의 손을 잡아끌었다. 피란 가야 한다며 재촉하는 양운의 말에 부인은 가슴을 두드리며 통곡했다.

"아! 시랑께서 돌아오시는 길에 도적을 만나셨겠구나. 놈들의 모진 칼에 변을 당하셨을 게야. 그러니 나 혼자 살아 무엇하겠어. 차라리 나도 죽어 황천•에 가서 시랑을 만나 뵙는 게 낫겠어."

이렇게 말하고는 품에 있는 은장도를 꺼내 자결하려 했다. 양운이 울부짖으며 부인의 손을 잡고 늘어졌다.

"마님, 이러시면 안 돼요."

양운이 죽으려는 부인을 만류하며 위로했다.

"너무 슬퍼하지 마세요. 밝고 밝은 하늘이 설마 무심하겠어요? 아직 시랑께서 어떻게 되셨는지도 모르는데, 이러시면 안 돼요. 시랑께서는 분명 하늘의 도움으로 살아 계실 거예요."

양운의 말이 옳다고 생각한 부인은 마음이 조금 진정되었다. 그러고는 재촉하는 양운에게 계월을 업히고 그 뒤에 바짝 붙어 남쪽으로 피란길을 나섰다.

십 리쯤 가서 야트막한 산기슭으로 접어들었을 때였다. 뿌연 먼지를 일으키며 도적들이 멀리서 쫓아오는 것이 보였다. 나부끼는 깃발과 햇빛에 번쩍이는 창과 칼들이 온 세상을 다 뒤덮을 듯했다. 도적들이 그들이 있는 곳을 향해 달려오고 있었다. 아직 부인 일행을 발견하지는 못했지만 도적들의 기세에 놀란 부인은 넋을 놓고 울었다. 그러자 계월

해코지 남을 해지고자 하는 행위
황천黃泉 죽은 사람들이 산다는 어둠의 세계

을 업은 양운이 부인의 손을 잡고 이끌며 다른 길을 찾아 정신없이 뛰었다.

그렇게 삼십 리쯤 갔다. 기진맥진했지만 조금도 멈추지 않고 길을 재촉했다. 그런데 느닷없이 눈앞에 큰 강이 나타나며 길이 끊겼다. 강 건너편을 바라보니 그쪽에 길이 다시 이어져 있었다. 강 물결이 넘실넘실 하늘 끝까지 닿을 듯한 것이, 그냥은 도저히 건널 수 없었다. 하지만 아무리 둘러보아도 배는 보이지 않았다.

"이제 꼼짝없이 죽게 되었구나."

길가에 주저앉은 부인이 울며 뒤를 돌아보았다. 도적들이 거의 다 따라온 듯 보였다. 양운도 어쩌질 못해 우왕좌왕했다. 부인이 양운에게서 계월을 넘겨받아 품에 안았다. 그러고는 양운에게 말했다.

"도적들이 저렇게 급하게 쫓아오니 틀림없이 잡힐 게야. 남의 손에 잡혀 죽느니 차라리 이 물에 빠져 죽는 것이 낫겠구나. 저승에 가서 시랑의 혼백이나 만나야겠다."

이러면서 자신의 치마 끝을 양운의 치마 끝과 한데 모아 묶었다.

"양운아, 우리 차라리 물에 빠져 죽어 물고기들 밥이 되자."

부인은 하늘을 우러러보며 기도하고는 품에 계월을 안고 강물로 뛰어들려 했다.

그때였다. 갑자기 강 북쪽에서 피리 소리가 흘러나왔다. 이상한 마음에 부인은 뛰어들려던 것을 멈췄다. 자세히 살펴보니 작은 배 하나가 미끄러지듯 부인과 양운이 있는 곳으로 흘러왔다. 그 배 안에서 말소리가 들렸다.

"부인, 그만 멈추세요."

하루 종일 도망 다니느라 기진맥진한 부인은 배 위에 누가 타고 있는지도 제대로 보지 못했다. 이윽고 배가 부인이 서 있는 곳 앞에 와 멈췄다.

"어서 배에 오르세요. 부인께선 저희를 기억 못하세요?"

유심히 살펴보니 예전에 계월을 낳을 때 찾아왔던 바로 그 선녀들이었다. 부인은 놀랍기도 하고 기쁘기도 했다. 부인과 양운이 허둥지둥 배에 오르자 선녀가 삿대로 강변을 밀었다. 배가 강 한복판으로 흘러가자 마음이 놓인 부인이 말했다.

"옛날에도 누추한 곳에 오셨다가 그냥 섭섭하게 이별해서 밤낮으로 다시 뵙기를 원했는데, 뜻밖에 이런 곳에서 뵈올 줄은 몰랐습니다. 물에 빠져 죽으려고 했는데 구해 주시니 정말 이 은혜 잊지 않겠습니다. 죽어서 백골이 돼도 못 잊을 겁니다."

선녀가 삿대를 저으며 말했다.

"저희는 지금 여동빈 선생을 모시러 가던 길이었어요. 다시 뵈올 줄은 알았지만 이렇게 우연히 만나게 될 줄은 저희도 몰랐답니다. 조금이라도 더디게 왔다면 정말 되돌릴 수 없을 뻔했습니다."

그러고 나서 선녀는 낭랑한 목소리로 능파곡•을 불렀다. 그 소리를 따라 배가 미끄러지듯이 강물 위를 달렸다.

능파곡凌波曲 당나라 현종 황제가 낮잠을 자다가 꿈속에서 능파시(凌波池)에 산다는 용녀(龍女)의 부탁으로 지었다는 노래 곡조

푸른 강물에 던져진 슬픔

이윽고 배가 어느 강가에 닿았다. 계월을 안은 부인과 양운이 배에서 내렸다. 부인이 선녀들에게 감사하다는 인사를 하려고 뒤를 돌아보자, 배는 벌써 어디로 갔는지 보이질 않았다. 부인은 공중을 향해 수차례 절을 하고는 다시 남쪽으로 길을 나섰다.

한참을 갔는데, 가는 동안 점점 길이 좁아지더니 결국 사람이 다닌 흔적이 없는 갈대밭이 나오면서 길이 끊어져 버렸다. 사방을 둘러보니 산들이 높다랗게 첩첩 쌓인 것이 꼭 하늘에 닿을 듯했다. 오나라와 초나라 국경이 접한 접경지대 같았다. 산천이 험악하여 잠시라도 머물 곳이 못 되었다.

그래도 양운은 이리저리 갈대를 헤치며 좁은 길을 찾아냈다. 그 길을 따라 조금 더 나아갔지만 더 깊은 산중으로 들어가는 것 같았다. 다시 거꾸로 길을 돌아오니, 맥이 풀리며 힘이 빠졌다. 굶주림과 목마름이 점점 심해졌다. 시냇가를 찾아서는 그 길가에 앉았다. 양운이 부인과 계월에게 거기서 잠시 쉬라 하고는 칡뿌리를 캐 왔다. 그들은 칡뿌리를 먹고서 겨우 정신을 차렸다. 그러고는 몸을 추슬러 일어나 시냇물을 따라가기로 했다. 점점 산세가 깊어지는 듯했지만 길을 잃을 것 같지는 않았다.

 마침내 울창한 곳을 벗어나자 멀리 사람 사는 집들이 옹기종기 보였다. 하지만 아무 소리도 없는 것이 이곳 사람들도 모두 피란 간 듯했다. 시냇물 폭이 점차 넓어지더니 강으로 이어졌다. 그 강변에는 정자 하나가 있었다. 가까이 가서 보니 정자 현판에 '엄자릉嚴子陵의 조대釣臺'라고 씌어 있었다. 부인이 계월을 안고 정자에 올라가 잠깐 쉬었다. 양운은 혹시 밥이 있을까 찾아보려고 마을로 내려갔다. 부인은 정자에서 강물을 바라보았다. 계월을 어루만지며 고향 생각을 하자 슬픈 마음이 북받쳤다. 눈물이 흘렀다.

 그런데 한참을 기다려도 밥을 구하러 간 양운이 돌아오질 않았다. 부인이 마을 쪽을 바라보며 걱정했다. 그러다 고개를 돌려 강 쪽을 바라보니 저 멀리서 큰 돛을 단 배가 정자를 향해 쏜살같이 달려오는 것이 눈에 들어왔다. 자세히 보니 배 위에서 군사들이 정자를 향해 손가락질을 해 대는 것이었다. 깜짝 놀란 부인이 황급히 계월을 품에 안고 정자에서 뛰어 내려와 수풀 속으로 도망쳐 숨었다. 가까이 오는 배를 보니 도적들이 분명했다. 부인은 가슴을 졸이며 어쩔 줄 몰라 했다.

 그 배에 있는 도적들의 우두머리는 맹길이라는 자였다. 맹길은 배를 정자 앞에 대게 하고는 졸개들에게 단단히 일렀다.

 "아까 내가 배 위에서 보니 단정하게 생긴 부인이 정자에 앉아 있었다. 우리가 다가오는 것을 보고 어디론가 숨은 것이 분명하다. 당장 찾아오너라."

도적들이 맹길의 명령에 여기저기로 흩어져 부인을 찾기 시작했다. 결국 한 졸개가 부인을 찾아내고 말았다. 잡혀 끌려 나오는 부인은 눈앞이 캄캄해졌다. 양운을 큰 소리로 불렀지만 소용없었다. 아무리 애타게 불러도 밥을 구하러 간 양운이 들을 리 없었다. 도적들이 부인을 잡아끌어 강제로 배에 태웠다. 맹길은 잡혀 온 부인의 용모가 꽃과 달처럼 아름다운 것을 보고는 기뻐 속으로 생각했다.

'내 평생에 부족한 것이 없었지만 딱 한 가지 소원이 있었다. 그런데 그 소원을 오늘에야 이루었구나. 이렇게 빼어난 미인을 구한 것은 분명 하늘이 내 소원에 감동하셨기 때문이야.'

맹길의 얼굴에 기쁜 기색이 퍼졌다.

"부인은 어디서 사시오? 그리고 여기는 무슨 일로 오셨소?"

부인이 계월을 꼭 껴안고 힘을 내서 말했다.

"나는 형주 구계촌에 사는 이부시랑을 지내셨던 분의 아내다. 장사랑의 난을 만나 어린 자식과 함께 여기까지 오게 되었다. 이제 고향을 찾아가려 한다."

"형주 땅 구계촌이라면 여기서 만 리 밖이오. 몸에 날개가 있어 날아가면 모를까 걸어서는 절대 고향으로 갈 수 없을 거요. 부질없이 고향 생각 하지 말고 나와 여기서 좋은 세월을 보내며 지내는 것이 어떻소? 화려한 옷에 따뜻한 밥을 먹으며 호강하는 것이 고향에 가는 것보다 나을 것이오."

맹길의 말에 부인은 정신이 아득해졌다. 하지만 곧 정신을 가다듬고는 물에 빠져 죽을 생각으로 계월을 안고 배 가장자리로 뒹굴었다. 그러자 놀란 계월이 슬피 울기 시작했다. 부인의 생각을 짐작한 맹길이

졸개들을 불러 분부했다.

"부인이 손발을 놀리지 못하게 비단 끈으로 온몸을 꽁꽁 묶어라."

졸개들이 달려들자 계월은 더 크게 울었다. 그러자 맹길이 말했다.

"저 시끄럽게 우는 아이를 당장 돗자리에 싸서 물에 던져 버려라."

부인이 놀라 계월을 안으려 했지만 그럴 수 없었다. 졸개들이 몸을 묶었기 때문이다. 하지만 부인은 계월의 옷깃을 입으로 물고 죽기 살기로 버텼다. 자신을 어머니에게서 억지로 떼어 내려는 도적들의 행동에 계월은 더 놀라 크게 울부짖었다. 보다 못한 맹길이 직접 나섰다. 맹길은 부인이 입으로 물고 있는 계월의 옷을 칼로 싹둑 베어 버리고는, 계월을 돗자리에 둘둘 말아 그대로 강물에 던져 버렸다.

강가에는 계월의 이름을 부르며 울부짖는 부인의 비명과 물에 빠진 채 살려 달라며 소리치는 계월의 비명이 울려 퍼졌다. 산과 골짜기, 숲과 짐승들까지 모두 흐느끼는 듯했다.

그때 밥을 얻어 가지고 오던 양운이 이 참혹한 광경을 보았다. 놀란 양운이 배 위로 달려 올라갔다. 도적들이 비단으로 꽁꽁 묶인 부인의 입을 때리며 조용히 하라고 할 참이었다. 양운은 얻어 온 밥을 내동댕이치고 도적들을 헤치며 뛰어 들어가 부인을 감싸 안았다. 그리고 부인의 목을 안고 하늘을 쳐다보며 통곡했다.

"차라리 물에 빠져 죽었다면 이런 참혹한 욕을 당하지 않으셨을 텐데."

양운은 공연히 구해 준 선녀들을 원망했다. 그런 모습을 보고 맹길이 졸개들을 다그쳤다.

"저 계집도 마저 동여매라."

졸개들이 양운마저 꽁꽁 묶어서 부인 옆에 던져 놓았다.

한밤중의 도망

의기양양한 맹길이 도적들을 거느리고 자기가 사는 지방으로 돌아왔다. 자기 집으로 들어간 그는 잡아 온 부인과 양운을 여자들이 바느질하는 방에 가두었다. 그러고는 취양을 찾았다. 취양은 전에 맹길에게 잡혀 와 억지로 같이 살게 된 여인이었다. 맹길은 취양에게 부인이 말을 잘 듣도록 달래 보라고 했다.

"나에게 순종하면 일생이 편안할 것이라고 해라."

취양이 끄덕이고 바느질 방으로 건너갔다. 취양이 부인에게 물었다.

"어쩌다 여기까지 오셨어요? 이렇듯 정갈하신 분께서 이런 지경에 빠지시다니……."

부인이 취양에게 말했다.

"제발 죽어 가는 인생을 구해 주소서."

부인은 피란을 떠난 얘기부터 지금까지 겪은 일을 취양에게 말했다. 다 들은 취양이 말했다.

"정말 불쌍하고 가련한 처지이시네요. 맹길이란 놈은 강가를 다니며 노략질을 하고 사람들을 마구 죽이는 나쁜 놈이에요. 그런데 하루에도 천 리를 왔다 갔다 하는 재주에 나름대로 용맹이 있어 아무도 어쩌질 못해요. 부인께서 그 강가의 정자에서 죽지 못한 게 애달프네요."

그러고는 자신의 이야기를 했다.

"저도 원래 저 도적놈의 계집이 아니에요. 변양 땅 양갓집 여자였지요. 그러다 저놈에게 잡혀서 여기에 끌려와 이렇게 되고 말았지요. 죽고 싶어도 모진 목숨 죽지도 못하고 지금까지 이렇게 살고 있어요. 부인의 처지를 보니 차라리 제가 먼저 죽고 싶네요."

이 말에 부인이 눈물을 흘렸다. 취양이 다시 말했다.

"부인을 구해 낼 좋은 방법이 있어요. 어쩌면 수가 생길지도 모르겠어요. 저놈이 오늘 돌아왔으니 분명 질탕하게 먹고 늘어질 거예요. 잘만 하면 저도 함께 여기를 벗어날 수가 생길지도 모르겠네요. 저도 도망치고 싶어요. 그러니 저를 의심하지 마시고 잠시만 기다리세요."

이러고는 문을 열고 나갔다. 취양은 맹길과 부하 졸개들이 모여 있는 곳으로 갔다. 모퉁이에 숨어 슬쩍 엿보니 대청 안은 사방에 불을 밝혀 놓아 대낮 같았다. 졸개들이 맹길의 좌우로 죽 둘러앉아 잔치를 벌이고 있었다. 도적질해 온 것들을 자랑하며 서로 거들먹거리고 낄낄거리며, 술과 안주를 산처럼 쌓아 놓고 부어라 마셔라 해 댔다. 졸개 하나가 잔에 술을 가득 채우더니 맹길에게 건네며 축하 인사를 했다.

"오늘 장군께서 어지신 부인을 얻으셨으니 축하드립니다."

술잔을 받아 든 맹길이 기분이 좋아 단숨에 마셔 버렸다. 다른 졸개들도 앞다투어 나서며 맹길에게 술을 건넸다. 맹길은 한 잔도 사양치 않았다. 받는 잔마다 족족 단숨에 마셔 대다 보니 크게 취하고 말았다. 그러다 그대로 자리에 고꾸라져 버렸다. 그즈음에는 다른 졸개들도 모두 취해서 이리저리 쓰러져 정신없이 코를 골아 댔다.

숨어서 한참을 지켜보던 취양이 기뻐 속으로 '옳다구나' 쾌재를 불렀다. 급히 부인이 갇혀 있는 바느질 방으로 돌아온 취양은 부인과 양운을 묶어 놓은 줄을 끄르며 말했다.

"도적놈들이 모두 술에 취해 쓰러졌어요. 빨리 후원 서쪽 문으로 도망쳐요. 만일 한 놈이라도 술에서 깨면 난리가 날 거예요."

그렇게 취양이 부인과 양운을 재촉하여 데리고 맹길의 집에서 몰래 빠져나왔다. 그들은 강변에 난 좁은 길로 한참을 도망쳤다. 부인은 발이 부르터 아픈 데다 점점 기운이 빠졌다. 더 이상 조금도 걸음을 떼 놓지 못할 지경이었다. 하지만 거기서 지체할 수는 없었다. 앞에서 양운이 부인의 치마를 잡아끌고, 뒤에서 취양이 부인의 등을 밀며 계속 도망쳤다. 세 여인은 걸음걸음마다 속으로 하늘을 향해 살려 달라며 기도하기를 쉬지 않았다.

이십 리를 갔다. 강변길을 따라 걷는데 동쪽 하늘이 환해지려 했다. 안개가 자욱하게 내려앉았다. 안개 속에서 아침을 알리는 쇠북 소리가 멀리 들려왔다. 강변을 날아다니는 기러기가 슬픈 소리로 울어 사람의 심정을 북받치게 했다. 부인은 이제 정말 한 걸음도 내디디지 못할 지경이 되었다. 맹길이 술에서 깨어 쫓아오면 꼼짝없이 죽게 될 상황이었다. 부인이 양운을 돌아보며 말했다.

"날은 밝아 오는데 기운이 다 빠져서 이젠 조금도 못 가겠다. 흉악한 도적놈들이 뒤를 쫓아오면 잡힐 것이 뻔하다. 놈들에게 잡혀 욕을 당하느니 차라리 저 강물에 빠져 계월의 혼이나 찾아가련다. 넌 내 염려 말고 도망쳐 네 살길을 찾아라."

이러고는 양운의 손에서 몸을 빼려 했다. 양운과 취양이 부인을 만류하며 울었다. 그때 수풀 속에서 한 여승이 나타났다. 서로 붙잡고 통곡하는 모습을 보고 여승이 부인에게 물었다.

"어쩌다 이런 곳에 오셔서 물에 빠져 죽으려 하십니까?"

부인이 그동안 겪은 일을 말했다. 이야기를 다 들은 여승이 부인에게 말했다.

"부인의 처지가 정말 가련하고 참혹하군요. 차라리 소승을 따라가시는 것이 어떻겠습니까? 제가 있는 절로 잠시 몸을 숨기셔서 이 환란을 피하는 것도 괜찮을 듯합니다."

여승의 말에 부인이 물었다.

"존사尊師께서는 어떻게 저희가 여기 있는 줄 아셨습니까?"

"배를 타고 지나는 길이었는데, 원망 섞인 통곡 소리가 아침 안개 속에서 들리기에 무슨 일인가 알아보려고 온 겁니다. 배는 저 강가에 대 놓았습니다."

한편, 이때 도적들이 하나둘씩 술에서 깨어났다. 맹길은 내당으로 들어가 부인을 가두어 두었던 바느질 방을 열어 보았다. 하지만 아무도 보이지 않자 취양을 불렀다. 아무리 불러도 취양이 나타나지 않자, 그제서야 취양까지 사라진 것을 알게 되었다. 퍼뜩 정신이 든 맹길이 졸개들을 풀어 사방을 찾게 했다. 그러다가 강가로 갔으리라는 생각이 들었다. 맹길은 급히 졸개들을 거느리고 배를 띄웠다. 강을 따라 내려가며 강가를 찾아보았다.

그때 강가에서 부인과 만나 이야기를 나누던 여승이 문득 멀리서 배가 다가오는 것을 보았다. 우두머리로 보이는 남자가 큰소리로 졸개들을 재촉하고 있었다. 여승이 다급히 말했다.

"저기 오는 배가 그 도적들의 배 아닙니까? 자세히 보세요."

놀란 부인이 맹길의 배가 맞다고 했다. 여승은 곧바로 부인 일행을 이끌고 자신의 배로 갔다. 여승을 따라 부인들이 배에 오를 때, 배 위에 있던 맹길이 부인 일행을 발견했다. 맹길이 버럭 고함을 질렀다. 달려드는 맹길의 배를 보고 여승이 삿대로 강가를 밀어 배를 재빨리 띄웠다. 그러자 배가 날개 돋친 듯 강물 위를 미끄러져 나갔다. 어찌나 빠른지 뒤따라오던 맹길의 배와 점점 거리가 벌어지더니 이내 고함 소리도 들리지 않을 만큼 멀어졌다. 길길이 날뛰던 맹길도 어쩔 수 없이 제집으로 돌아가고 말았다.

강을 따라 한참을 간 후 여승이 배를 강가에 댔다. 여승이 내리자고 말했지만, 기진맥진한 부인은 몸도 제대로 가누지 못했다. 취양이 맹길의 집에서 도망칠 때 싸 가지고 온 밥을 꺼내 나눠 먹었다. 그러자 부인은 겨우 일어설 수 있었다.

부인과 양운, 취양은 여승을 따라 배에서 내려 여승이 지내는 절로 향했다. 그 절은 고소대라는 봉우리의 깊은 곳에 있었다. 걸어가는 좌우로 펼쳐진 경치는 거룩했다. 이따금씩 짐승 우는 소리가 마음을 더 숙연하게 했다. 정말 명승지名勝地라 할 만했다.

산길을 따라 한참을 들어가 이윽고 절 앞에 다다랐다. 일봉암이라는 작은 암자였다. 종소리가 은은히 퍼졌다. 부인이 안으로 들어가 예불하고는 자리에 앉았다. 암자의 여승들은 모두 그 앞에 자리를 잡고 앉아 있었는데, 그중 가장 늙은 여승이 가운데 앉아 있었다. 나이가 일흔은

넘어 보였다. 그 노승이 부인에게 물었다.

"어디에 사시던 분입니까? 무슨 일로 이렇게 깊은 산중까지 오셨습니까?"

노승의 말에 부인의 눈에서 갑자기 눈물이 흘렀다. 부인은 지금까지 겪었던 일을 하나도 빠짐없이 말했다. 주위의 여승들은 부인의 말을 듣는 내내 침통한 표정으로 슬프고 안타까워했다. 노승이 물었다.

"이제 부인께선 어찌하실 생각입니까?"

"더 이상 여기저기 다니지 못할 것 같습니다. 차라리 삭발하고 스님 곁에서 다음 생의 공덕을 닦는 것이 나을 듯합니다."

노승이 그 말을 듣고 한참을 생각하더니 말했다.

"제가 이때껏 상좌˙를 정하지 못하고 지내 왔습니다. 지금 부인의 의향을 들으니 하늘이 부인을 이곳으로 보내신 듯합니다."

이렇게 하여 세 사람은 머리를 깎고 여승이 되었다. 부인은 노승의 상좌가 되고, 양운과 취양은 부인의 상좌가 되었다. 부인과 양운, 취양은 서로 무릎을 맞대어 앉고, 베개를 나란히 하고 잠을 잤다. 이렇게 세 사람은 절에서 매일같이 부처님께 기도하며 세월을 보냈다.

상좌上佐 스승을 모시고 불도를 닦는 사람. 보통 스승의 뒤를 이을 수행 승려를 말한다.

뜻밖의 도움

한편, 맹길이 돗자리에 싸서 물에 던진 계월은 강물에 휩쓸려 떠내려갔다. 비명을 지르며 떠내려가던 계월을 어떤 사람이 발견했다. 무릉포에 사는 여공이란 사람이었다. 그는 서주에 갔다가 뱃길로 돌아오던 중이었는데, 어미를 부르는 비명 소리에 놀라 종들에게 돗자리를 건져 내라 했다.

건져 놓고 보니 돗자리 속에서 어린아이가 나왔다. 아이는 물을 한참 토해 내도 정신을 차리지 못했다. 여공이 급히 약을 써서 아이를 간호했다. 정신을 차리자마자 아이는 제 어미를 부르며 자지러지게 울었다. 배에 탄 사람들이 그 참혹하고 가여운 모습에 모두 고개를 돌리며 슬퍼했다. 여공이 아이를 품에 안고 달래며 물었다.

"어쩌다가 이렇게 끔찍한 일을 당했니?"

계월이 겨우 울음을 그치고 말했다.

"어머니와 같이 길을 가는데, 어떤 사람들이 어머니를 꽁꽁 동여매서 데려갔어요. 그러고는 저를 돗자리에 싸서 물에 던졌고요."

그러더니 다시 울었다. 여공이 속으로 생각했다.

'강 도적들을 만나 변을 당한 아이로구나.'

여공도 불쌍한 마음에 눈물이 흘렀다. 여공이 다시 물었다.

"몇 살이냐? 이름은 무엇이고?"

"나이는 다섯 살이고 이름은 계월이에요."

"아버지의 성함은 어떻게 되시느냐? 그리고 어디서 살았느냐?"

"아버지의 성함은 모르겠는데, 다른 사람들이 홍 시랑이라고 불렀어요. 우리가 살던 곳 이름은 모르겠고요."

여공이 생각했다.

'홍 시랑이라고 하니 시랑 벼슬을 했다는 것이구나. 그러면 이 애는 양반의 자식이로구나.'

그러다가 계월의 모습을 보니 또 이런 생각이 들었다.

'겨우 내 아들 보국과 동갑일 뿐인데, 하는 말이 어찌 이리 영특한가! 또 생긴 것도 비범한 것이 재능이 있는 아이겠구나. 데려다가 아들과 함께 키워야겠다.'

결심을 굳힌 여공은 계월을 자기 집으로 데려갔다. 그리고 자신이 낳은 아들처럼 사랑했다. 여공의 아들 보국도 계월과 친형제처럼 지냈다. 꼭 둘은 하늘이 내리신 것처럼 똑같아 보였다.

세월이 흘러 두 아이가 일곱 살이 되었다. 둘의 영민함을 보고서 칭찬하지 않는 사람이 없었다. 여공이 몸소 두 아이들에게 글을 가르치기는 했으나 부족했다. 그래서 이들을 제대로 가르쳐 줄 마땅한 선생을 구하려 했으나 찾지 못했다. 선생이 없음을 한탄하는 여공에게 어떤 사람이 말했다.

"오 년 전에 온양 땅에서 곽 도사라 하는 분을 만난 적이 있습니다. 학식과 지혜가 높아 제자들이 많이 따른다고 합니다. 지금은 월호산 명현동에서 제자들을 가르친다고 하더군요."

이 말을 들은 여공은 매우 기뻐했다. 여공은 두 아이를 데리고 명현동을 찾아 길을 나섰다. 오랫동안 고생해 드디어 곽 도사가 지내는 초당草堂을 찾았다. 여공은 두 아이에게 밖에서 기다리라 하고는 홀로 초당 안으로 들어갔다. 곽 도사가 여공을 맞이했다. 여공은 예를 갖춘 후에 가져온 예단을 곽 도사에게 바쳤다. 그러고는 옷차림을 다시 가지런히 하고는 입을 열었다.

"저는 무릉포에 사는 여공이라고 합니다. 제가 늙어서야 비로소 자식 둘을 두게 되었습니다. 매일같이 글을 가르쳤지만 제대로 가르치지 못하고 있습니다. 그 둘이 하는 짓이 퍽 영민하기에 좋은 선생님을 모시고 싶었지만 훌륭한 분을 찾지 못했습니다. 제가 이곳에 온 것은 제 자식 둘을 가르쳐 주시기를 바라서입니다. 제발 부탁드립니다."

여공의 말에 도사가 웃으며 말했다.

"당신이 말한 두 아이를 데려왔소?"

"초당 밖에 서 있습니다."

들어오게 하라는 도사의 말에 여공이 둘을 불러들였다. 계월과 보국이 차례로 들어와 도사에게 절하고는 그 앞에 꿇어앉았다. 도사가 한참 그 둘을 유심히 보았다. 그러더니 여공에게 물었다.

"이 아이들이 몇 살이오?"

"일곱 살 동갑입니다."

"조금 전 당신 말이 저 두 아이 모두 당신 자식이라고 하더니만, 지금

보니 둘이 생김새가 다른 것이 친형제가 아니로군. 당신은 나를 속이려는 거요?"

도사의 말에 놀란 여공이 자리에서 일어나 급히 절했다.

"선생께서 사람을 보는 안목이 귀신과 같습니다. 선생님의 말씀이 옳습니다."

머리를 조아리며 여공은 어떻게 계월을 구하게 되었는지 처음부터 자세하게 말했다. 여공의 말이 끝나자 도사가 말했다.

"그대가 말하지 않아도 내 이미 다 알고 있었소."

그러고는 천천히 웃으며 말했다.

"저 둘을 내게 맡기고 가시오. 내가 부족하기는 하나 저들에게 충과 효를 가르쳐 이름이 후세에 빛나도록 하겠소."

곽 도사의 말에 여공은 거듭 감사하다는 말을 하며 절했다. 그리고 두 아이를 도사의 초당에 두고 홀로 집으로 돌아갔다.

벽파도 귀양

장사랑의 난이 일어났다는 소식을 들은 홍 시랑이 여관에서 급히 뛰어나와 산속으로 도망쳐 숨어 있을 때였다. 장사랑의 반란군들은 마을과 평지는 물론 계곡과 산까지도 뒤졌다. 반란군은 결국 숨어 있는 홍 시랑을 찾아냈다. 그들이 그를 막 죽이려 할 때였다. 장사랑이 홍 시랑의 관상을 보더니 부하 장수들에게 말했다.

"이 사람 생긴 것을 보니 뭔가 탁월한 재주가 있을 듯하다. 군중軍中에 두고 써먹는 것이 낫겠다. 어떻게 생각하느냐?"

부하 장수들과 군사들이 머리를 조아리며 답했다.

"장군님의 말씀이 옳습니다."

부하들이 동의하자, 장사랑이 홍 시랑을 불러 말했다.

"목숨을 실려 줄 테니 항복해라. 나를 도와 항성을 치는 것이 어떻겠느냐?"

홍 시랑은 어쩔 수 없었다. 그는 항복한 뒤 장사랑의 반란군을 따라가게 되었다.

그때 황제는 장사랑의 반란군을 막으려고 유성희를 대원수로 삼아 임치 땅으로 급히 파견했다. 유성희는 대군을 거느리고 나가 싸웠다. 여러 차례 어려움을 겪었지만 결국 반란군을 쳐부수고 두목 장사랑과 두후중을 사로잡았다. 이렇게 유성희가 반란군 장수들을 잡아 장안으로 끌고 갈 때, 홍 시랑도 그들과 함께 있다가 사로잡히게 되었다. 유성희는 서울 장안에 도착해 황제가 있는 황성으로 승전보를 알렸다. 그 소식에 황제는 친히 상림원에 나와 반란군 두목들을 일일이 꾸짖고는 말했다.

"저 도적놈들을 모두 황성 밖으로 끌어내다가 목을 베라."

홍 시랑도 꼼짝없이 죽게 될 판이었다. 시랑이 크게 소리 지르며 땅에 엎디어 황제에게 애걸했다.

"폐하! 소신은 피란하여 도망하다가 산중에서 저들에게 잡혀 억지로 같이 있게 된 겁니다. 살려 주옵소서!"

홍 시랑은 자신이 처한 상황을 자세히 고했다. 황제는 물론 주변에 서 있던 대신들이 모두 홍 시랑의 사연을 들었다. 듣고 있던 대신 중에 양주 자사 정덕후가 있었다. 그는 홍 시랑의 목소리가 친숙하다고 느꼈다. 자세히 살펴보고서 그제야 누구인지 알아보았다. 정덕후가 앞으로 나서며 황제에게 말했다.

"폐하, 저자를 보니 예전 이부시랑 벼슬을 했던 홍무인 것 같습니다. 일찍이 벼슬을 했던 자로서 도적놈들의 무리에 낀 것을 보면 죽어 마땅합니다. 하지만 사정이 어쩔 수 없었던 듯합니다. 폐하께서 자비를 베푸셔서 목숨만은 살려 주십시오. 그래서 저 죄인이 스스로 잘못을 뉘우치게 하시는 것이 여러 대신들에게 좋은 본보기가 될 것입니다."

황제는 한참 고민하더니 그 말이 옳다고 생각했다. 황제가 법률을 맡은 관리에게 물었다.

"홍무가 저지른 죄에 맞게 귀양 갈 만한 곳이 어딘가?"

법률관이 옥문관*에 있는 벽파도라고 아뢰었다. 그러자 황제가 그곳으로 귀양 보내라고 명령했다. 벽파도는 서울 장안에서 곧장 가도 만팔천 리나 되는 먼 곳이었다.

홍 시랑은 목숨은 구했지만 죄인의 몸으로 멀리 귀양을 가는 신세가 되었다. 귀양지까지 압송해 가는 관리가 당장 떠나자고 재촉했다. 홍 시랑은 고향 구계촌에 가서 부인과 계월의 안부라도 안 뒤에 떠나고 싶었다. 하지만 관리는 허락해 주지 않았다. 슬픔을 이기지 못한 홍 시랑은 하늘을 바라보며 통곡했다. 그리고 관리를 따라 귀양지로 떠났다. 옛날 시랑이 황성에 있을 때 했던 일들과 그의 인품을 잘 아는 장안 사람들은 그의 그런 처지에 같이 슬퍼했다.

43

길을 떠난 지 아홉 달 만에야 겨우 옥문관 벽파도에 다다랐다. 그 땅은 오나라와 초나라 접경 지역이었다. 입는 옷이나 먹는 것, 쓰는 말이 달라 다른 지역에서 온 사람들은 잠시도 머물기 힘든 곳이었다.

홍 시랑은 부인과 계월 생각에 하루도 눈물로 보내지 않는 날이 없었다. 귀양 올 때 가져온 양식은 금방 떨어졌다. 벽파도에는 먹을 만한 것이 없었다. 먹지 못해 거의 죽게 되자, 물가를 헤매며 죽어서 떠내려온 물고기들과 생굴을 주워 먹었다.

그렇게 세월을 보내다 보니 의복이 다 해어져 남루하게 되었다. 거기에 모습까지 초췌해져 시랑은 꼭 짐승같이 되었다. 온몸에 털이 자라나 차마 보기 힘들 만큼 처참하게 변했다.

옥문관玉門關 중국의 서쪽 요지였던 감숙성(甘肅省) 돈황현(敦煌縣) 부근에 배치되었던 관문. 일반적으로 서쪽 국경 지역의 관문을 말한다.

극적인 재회

여승이 된 홍 시랑의 부인은 취양과 양운을 데리고 산중 절에서 세월을 보내고 있었다. 어느 날 부인이 꿈을 꾸었다. 꿈에 한 스님이 나타나 절을 하고는 부인에게 말했다.

"부인께선 산중의 풍경만 구경하고 계십니까? 남편이신 홍 시랑을 찾지 않고 이곳에서 계속 지내실 생각입니까? 지금 시랑은 멀고 먼 국경 지역에서 부인과 계월을 생각하며 슬퍼하고 계십니다. 병이 골수까지 들어 앞으로 어찌 될지 걱정입니다. 바삐 여기를 떠나 황성이 있는 서울 장안으로 가세요. 가다 보면 자연히 시랑의 소식을 듣게 될 겁니다."

이러고는 사라져 버렸다. 놀라 잠에서 깬 부인이 급히 취양과 양운을 불러 꿈 이야기를 했다.

"꿈이 이러하니 당장 장안으로 가 봐야겠다. 가다가 도적들을 만나 죽는 한이 있어도 어쩔 수 없다. 시랑을 꼭 찾아뵈어야겠다."

말을 마친 부인은 자리에서 일어나 노승을 찾아갔다. 부인이 노승께 절하고 말했다.

"제가 이렇게 멀고 먼 낯선 곳에 와서 스승님을 뵙게 된 것은 하늘의 뜻입니다. 스승님을 만나 바다같이 넓은 은혜를 받으며 지금까지 지내 왔습니다. 이 은혜는 죽어도 잊지 못하고, 아무리 갚아도 만분의 일도 다 갚지 못할 겁니다. 그런데 지난밤에 꿈을 꾸었는데 한 스님이 나타나 제게 말씀하셨습니다."

부인은 꿈 이야기를 했다. 노승은 아무 말 없이 부인의 말에 귀 기울였다. 부인이 계속 말했다.

"꿈에 스님이 나타나신 것으로 보아 분명 부처님께서 인도하시는 듯합니다. 아무래도 당장 떠나야겠습니다. 그러려니 스승님을 모시지 못하고 가야 하는 것 때문에 마음이 찢어질 듯 아픕니다. 또 그동안 돌봐주신 스승님의 은혜를 어찌 갚을지 모르겠습니다. 떠나는 저를 용서해 주십시오. 그리고 스승님 부디 만수무강*하세요."

슬픔에 부인이 눈물을 흘렸다. 노승이 부인의 손을 잡고 같이 눈물을 흘리며 말했다.

"내가 너를 만난 후 모든 일을 네게 맡기고 너를 의지했다. 그동안 쌓인 정을 생각하면 태산이라도 그것보다는 가벼울 것이다. 그런데 이제 떠난다고 하니 섭섭하고 슬픈 마음을 어찌 다 말할 수 있겠느냐. 내가 나이가 많지 않다면 너와 함께 떠나고 싶을 지경이구나. 하지만 늙어 너를 따라가지 못하니 이제 이별할 수밖에 없구나. 부처님의 뜻으로 다시 네 남편과 딸을 만나게 되기를 바란다."

그러고는 일어나 후원에 있는 자신의 참선방으로 건너갔다. 이윽고 손에 봉지 하나를 들고 돌아왔다.

"내가 젊어서 이 절에 들어올 때 은자 삼백 냥을 가지고 왔다. 그동안 백

냥은 이런저런 일로 쓰고 이제 이백 냥이 남았다. 이걸 가져다가 쓰거라."

그러면서 부인에게 이백 냥을 건넸다. 부인은 도저히 받을 수 없어 사양했다.

"제가 재물이 있다면 오히려 스승님께 드려 정을 표해야 할 텐데 어찌 이러십니까? 제가 어떻게 스승님의 은자를 가져가겠습니까?"

"내가 가지고 있는 밥그릇과 물병, 지팡이도 이제는 전할 곳이 없는데, 이 이백 냥을 어디에 쓰겠느냐. 내가 늙어 이젠 더 두어야 쓸데가 없다. 사양치 말고 가져가거라."

거듭 노승이 간곡하게 은자를 건넸다. 부인은 더 이상 사양치 못하고 받아 취양에게 맡겼다. 부인, 취양, 양운 세 사람은 일어나 산문山門 밖으로 나왔다. 그곳까지 배웅 나온 노승과 여러 스님들께 두 손을 모아 하직 인사를 했다. 막상 이별하려니 목이 멨다.

절을 나서서 동쪽 산길로 산을 내려갔다. 첩첩산중에서 갈 길을 몰라 한참 헤맸다. 하지만 그렇게 조금씩 가다 보니 사람들이 다니는 조그만 길이 나왔다. 그 길을 따라 계속 걷자 눈앞에 큰 강이 나타났다. 강변에는 누각이 하나 있는데 그 누각 아래 다다라서 보니 현판에 금색 글씨로 '악양루岳陽樓'라고 씌어 있었다. 그렇다면 이 강은 바로 소상강瀟湘江이었다. 부인은 누각에 올라가 바로 앞에 펼쳐져 있는 소상강과 동정호洞庭湖를 바라보았다.

이곳은 초나라 땅이있다. 아주 먼 옛날 순• 임금이 천하를 돌아다니

만수무강萬壽無疆 아무런 탈 없이 건강하게 오래 삶
순舜 옛날 중국의 성인(聖人) 임금. 요(堯) 임금의 두 딸인 아황과 여영을 부인으로 두었다.

며 백성들을 보살피다가 이곳에 와서 죽었다. 그 소식을 들은 순 임금의 두 부인, 아황娥皇과 여영女英이 달려와서 피눈물을 흘리며 울던 곳이 바로 여기다. 그 피눈물이 대나무에 떨어져 생긴 얼룩이 지금까지 남아 있다고 한다.

그 대나무가 바람에 흔들리며 소리를 냈다. 그러자 앞에 우뚝 솟은 구의산九疑山에 구름이 일면서 소상강에 밤비가 내리는 듯하고, 동정호에 달이 뜰 때 황릉묘에서 두견새가 슬피 우는 듯했다. 돌이나 나무처럼 감정이 메마른 것도 이럴 때는 슬퍼하지 않을 수 없는데, 하물며 부인은 오죽하겠는가. 부인은 악양루에 앉아 고향 형주 구계촌 쪽을 바라보며 슬피 눈물을 흘렸다. 한동안 감상에 젖어 있다가 일어나 그곳을 떠났다.

세 사람은 서울 장안을 향해 계속 걸었다. 한참을 가니 큰 강을 건너는 다리가 있었다. 강을 가로지르는 다리의 높이나 너비가 상당했다. 그곳 사람들에게 웅장한 그 다리의 이름을 물었다. 어떤 사람이 장판교라고 가르쳐 주었다.

"장안으로 가려면 저 다리를 건너가야 합니까?"

"예, 그렇습니다."

"장안까지는 얼마나 걸립니까?"

"여기서 서울 장안까지는 만팔천 리 정도 됩니다."

'만팔천 리'라는 말에 부인의 마음이 답답해졌다. 다시 물었다.

"곧장 가는 빠른 지름길은 없습니까?"

"지름길은 잘 모르겠습니다."

그러더니 그 사람이 뭔가 생각난 듯 말을 이었다.

"혹시 알고 싶으시면 저쪽으로 백 리 정도 가 보세요. 거기에 가면 옥문관 벽파도란 섬이 있습니다. 그곳에 장안 황성에서 죄를 얻어 귀양 왔다는 사람이 있답니다. 혹시 그 사람에게 물어보면 장안까지 가는 지름길을 알지도 모릅니다."

"그 귀양 왔다는 사람은 누굽니까?"

"그건 자세히 모르겠습니다."

부인이 그 사람에게 고맙다고 인사했다. 그러고는 양운, 취양과 상의하여 옥문관 벽파도라는 곳에 가 보기로 했다.

사흘이 걸려 옥문관에 다다랐다. 과연 섬이 있었다. 하지만 그 섬으로 건너갈 방법이 없었다. 주변에 누군가 물어볼 사람도 없었다. 할 수 없이 물가에 앉아 강물만 바라보았다. 한참 후에 문득 멀리서 한 늙은 어부가 강변 바위 위에 앉아 고기를 낚고 있는 것이 보였다. 양운이 그 어부에게 가서 절하고 물었다.

"저 건너편 섬의 이름이 뭡니까?"

늙은 어부가 말했다.

"벽파도라고 합니다."

"저 섬 안에는 사람 사는 마을이 있나요?"

"벽파도에는 옛날부터 마을이 없었고 사람도 살지 않습니다. 그런데 몇 년 전 장안에서 선비 한 명이 귀양 와서, 저 섬으로 들어가 초막을 짓고 살고 있습니다. 형주 지방 사람이라고 했던 것 같습니다. 그 사람이 짐승과 나무들 틈에 살면서 죽은 고기를 주워 먹더니 점점 사람의 모습이 없어지고 귀신처럼 되더군요. 지금은 살았는지 죽었는지 모르겠습니다. 쯧쯧쯧……. 정말 불쌍하고 가련하지요."

양운은 늙은 어부에게 인사하고 돌아와서 들은 말을 부인에게 전했다. 부인이 한숨을 섞어 말했다.

"사람 팔자 알 수 없구나……."

그러다가 눈물을 지으며 말했다.

"그 섬에 왔다는 선비가 형주 사람이라니 혹시 시랑의 생사를 알지도 모르겠다. 적어도 고향 형주 소식은 알 것이다. 아무래도 저 섬으로 들어가 만나 봐야겠다."

양운이 처량한 목소리로 말했다.

"왕래하는 사람도 없다고 하고, 또 지금 배도 없는데 어떻게 건너가겠습니까?"

다시 세 사람은 강가에 그대로 앉아 서글픔에 젖었다. 그때 강 저편에서 조그마한 배가 나타났다. 배는 삿대를 저으며 천천히 흘러왔다. 양운이 슬픔을 진정하고 일어나 다가오는 배에 가까이 갔다. 그리고 사공에게 부탁했다.

"우리는 고소대 일봉암에 있는 여승들입니다. 벽파도로 건너가 고향 소식을 알아볼까 하는데, 지척이지만 강을 건널 수가 없군요. 제발 저희를 건네주십시오."

애걸하는 모습에 사공이 허락했다. 배를 강가에 대고 오르라고 하자, 셋이 배를 탔다. 사공은 솜씨가 좋았다. 돛을 올리니 배가 미끄러지듯 섬으로 향했다.

이윽고 벽파도에 도착했다. 사공에게 고맙다고 인사하고는 배에서 내린 세 사람은 섬을 둘러보았다. 나무들이 하늘을 찌를 듯이 높고 빽빽하여 하늘을 가릴 지경이었다. 아무리 둘러봐도 늙은 어부가 했던 말처럼 사람 사는 마을은 없었다.

어디로 갈지 몰라 하다가 그 선비가 물고기를 주워 먹는다는 말이 생각났다. 그래서 강변으로 나와 혹시 그 선비를 만나기를 바라며 강변을 따라 걸었다. 그러다가 정말 한 사람이 강변에서 죽은 물고기를 줍는 것을 보았다. 양운이 그에게 갔지만 그는 양운을 보고는 옆으로 피하며 숲 속으로 몸을 감추려 했다. 양운이 다급히 그러지 말라며 다가갔다.

"여보세요, 소승을 의심치 마시고 잠시 걸음을 멈추세요. 여쭐 말씀이 있습니다."

그 사람이 양운의 말을 듣더니 발길을 멈추고 몸을 돌리며 말했다.

"이처럼 외진 섬에 나를 찾아올 사람이 없는데, 스님께서는 무슨 일로 오셨습니까?"

양운이 그 사람 앞에 나아가 절하고 물었다.

"소승이 이곳에 온 것은 다름이 아니라 여쭐 것이 있어서입니다. 소승은 예전에 중원 형주 땅 구계촌에 살았습니다. 장사랑의 난 때문에 고향을 버리고 피란했다가 지금 고향으로 돌아가는 길입니다. 그런데 사람들이 말하기를 상공의 고향도 형주라고 하기에, 고향 소식과 고향으로 가는 지름길을 알고 싶어 찾아온 겁니다."

그 남자가 양운의 말을 듣자 갑자기 눈물을 흘리며 목이 메어 한동안 말을 하지 못했다. 한참 그러더니 그가 입을 열었다.

"스님께시 형주 구계촌에 살았다고 하셨는데 어디 사셨습니까?"

"소승은 홍 시랑 댁 몸종입니다. 제가 모시던 부인은 양 처사익 따님으로 양씨십니다. 그리고 제 이름은 양운입니다."

그 남자는 이 말을 듣자마자 양운을 붙들고 통곡했다.

"양운아! 내가 바로 홍 시랑이다."

홍 시랑이란 말을 들은 양운은 천지가 까마득하게 변하는 것 같았다. 주인 홍 시랑을 붙들고 어쩔 줄 몰라 하다가 기절했다. 겨우 정신을 차린 양운이 시랑에게 말했다.

"지금 강가에 부인께서 와 계십니다."

홍 시랑이 이 말을 듣고 벌떡 일어나 통곡하듯 부인의 이름을 부르며 강가를 내달렸다.

한편, 부인은 강가에 앉아 울적한 마음을 가누지 못하고 있는데 갑자기 자신을 부르는 소리가 났다. 돌아보니 온몸에 털이 무성한 웬 사람이 달려오고 있는 것이 아닌가.

"부인! 내가 홍무요!"

날듯이 달려오는 사람을 보자 더럭 겁이 났다. 그래서 그 사람이 외치는 소리는 제대로 듣지도 못했다. 부인은 미친 사람이 자신을 잡으러 온다고 생각하고 놀라서 벌떡 일어나 강가로 달아났다. 부인의 그런 모습을 보고, 홍 시랑 뒤를 따라오던 양운이 소리쳤다.

"마님, 겁내지 마세요! 잠시 멈추세요. 제 말을 들어 보세요. 주인님이십니다. 주인님이세요!"

도망치던 부인이 양운의 소리를 듣고는 그제야 멈췄다. 다가온 홍 시랑이 울며 말했다.

"부인은 그동안 나를 잊었소? 내가 바로 계월의 부친 홍무요. 모르겠소?"

부인이 홍 시랑이란 말에 그만 정신을 가누지 못하고 쓰러지려 했다.

"부인, 진정하시오."

그러면서 시랑이 부인을 붙잡았다. 상황을 알아차린 부인이 그제야 시랑을 붙들고 통곡했다. 둘은 한동안 울기를 그치지 않았다. 시랑 뒤에 선 양운도 따라 슬피 울었다. 조금 떨어진 곳에 서 있던 취양도 홀로 눈물을 훔쳤다. 주위의 산천초목들도 다 흐느끼는 것 같았다. 한참 후에 시랑이 물었다.

"부인, 계월은 어디 있소?"

시랑의 말에 정신없이 울던 부인이 정신을 차렸다. 부인은 피란하다가 강에서 도적을 만나 계월을 잃은 일과 취양이 자신들을 구해 준 일, 고소대 여승을 만나 머리를 깎고 승려가 되었던 일까지 하나도 빠짐없이 말했다.

홍 시랑은 도적들이 계월을 돗자리에 싸서 물에 던졌다는 말에 그만 기절하고 말았다. 겨우 정신을 차리고 난 뒤 그는 나머지 이야기를 마저 들었다. 부인의 말이 끝나자 홍 시랑은 장사랑에게 잡혔다가 죄를 얻어 벽파도로 온 사연을 말했다. 그러고는 취양 앞으로 나가 절했다.

"제 처가 살아난 것은 모두 당신의 은혜입니다. 고맙습니다. 죽어도 다 갚을 수 없을 것입니다."

서로의 형편을 알게 된 후, 부인은 벽파도에서 지내기로 했다. 시랑이 귀양 온 것이므로 다른 곳으로 갈 수가 없었기 때문이다. 부인은 취양에게 뭍으로 나가 노승이 준 은자를 팔아서 먹을 것을 장만해 오게 했다. 그렇게 먹고살 준비를 한 네 사람은 벽파도에서 세월을 보냈다. 하지만 한편으로는 계월 생각에 눈물이 마를 날이 없었다.

장원급제

계월은 명현동 곽 도사 문하에서 보국과 함께 학문을 닦았다. 시서백가●를 읽고서 막히는 것 없이 두루 통달했다. 그는 생각이 깊고 도량이 넓었다. 한 가지를 배우면 백 가지를 깨쳤다. 계월은 매사에 총명하고 영민했다. 도사가 칭찬하며 말했다.

"하늘이 황제를 위하여 너를 내셨구나. 이제 황제는 천하를 근심할 필요가 없겠다."

그러고는 군대를 진격시키고 군사를 부리는 방법, 진●을 펼치는 방법과 기술을 가르쳤다. 계월의 재주는 보통 사람들 수준을 훨씬 넘었다. 마치 삼국 시절 관운장을 보는 듯했다. 어느덧 계월을 당할 자가 주위에 아무도 없었다. 도사가 말했다.

"네 이름은 후세에 빛날 것이다."

시서백가詩書百家 『시경(詩經)』과 『서경(書經)』을 비롯해 다양한 학설을 주장한 학파들의 서책들
진陣 군사들의 대오(隊伍)를 배치한 것, 또는 그 대오가 있는 곳

도사는 계월의 이름을 고쳐 '평국'*이라 하게 했다.

세월이 물 흐르듯 지났다. 평국과 보국이 열세 살이 되었다. 도사가 둘을 불러 나란히 앉히고 말했다.

"너희는 지금까지 용맹스러움을 배웠다. 하지만 부족한 것이 있다. 이제부터는 바람을 일으키고 비를 오게 하는 도술을 배워라."

그러면서 책 한 권을 내어 주었다.

"기이하고 오묘한 법이 여기에 다 씌어 있으니 힘써 배워라."

둘은 책을 받아 열심히 익혔다. 평국은 한 달 만에 다 통달했다. 하지만 보국은 일 년이 되어서야 겨우 깨쳤다. 도사가 말했다.

"평국의 재주는 천하제일이로구나."

세월이 또 흘러 평국과 보국의 나이가 열다섯이 되었다. 황제가 어진 신하와 능력 있는 자들을 뽑으려고 과거를 열려 했다. 그 소식을 듣고 천하 각 지역에서 선비들이 구름처럼 장안의 황성으로 몰려들었다. 곽 도사도 과거를 연다는 소식을 듣고는 평국과 보국을 불렀다.

"지금 황제께서 과거를 여신다고 하니, 너희도 장안으로 올라가서 응시해라. 그리고 이름을 역사책에 기록하게 해서 후세에 대대로 빛나도록 해라."

도사는 행장을 차려 주며 떠나기를 재촉했다. 평국과 보국은 도사에게 하직하고 우선 집으로 돌아왔다.

평국과 보국이 명현동 곽 도사 문중에 들어간 후 한 번도 얼굴을 보지 못했던 여공은 그들이 돌아오자 크게 기뻐했다. 과거에 응시하겠다는 말에 여공도 그러라고 했다. 평국과 보국은 여공에게 인사드리고 서울 장안을 향해 떠났다.

장안에 도착하니 천하 각국에서 모인 선비들로 온 성이 번잡했다. 숙소로 쓸 주막을 정하고 그곳에서 과거 날을 기다리다가 시험 날이 되어 과거장에 들어갔다. 황제가 친히 대명전에 나와 시험을 주관했다.

이윽고 시험 과제가 내어 걸렸다. 그것은 평국이 평소에 생각하던 것이었다. 어렵지 않게 죽죽 글을 써 나갔다. 그리고 가장 먼저 제출했다. 보국 또한 글을 지어 바치고 둘이 같이 숙소로 돌아와 쉬며 결과를 기다렸다.

황제가 제일 먼저 낸 평국의 글을 보았다. 다 읽고는 주위에 서서 보좌하는 대신들을 돌아보며 말했다.

"이 글을 쓴 자는 정말 기특한 인재로구나."

크게 칭찬하고는 다음으로 낸 보국의 글을 보았다. 다 보고서 말했다.

"이 글은 조금 전 보았던 글보다는 못하지만 역시 뛰어나구나. 재주가 있다."

황제의 눈에 더 이상 다른 글들은 들어오지 않았다. 황제는 바로 그 자리에서 급제자를 결정하고는 급제자의 이름을 쓴 비단 천을 황성 문 앞에 걸게 했다.

장원은 홍평국이요, 부장원은 여보국이라.

평국平國 평국은 '나라를 평안하게 한다'는 의미로, '충성을 다해 나랏일을 돕는다'는 보국(輔國)보다는 조금 더 큰 의미를 지니고 있다. 이렇게 계월에게 평국이라는 이름을 지어 준 것은 여성인 계월이 남성인 보국보다 더 우위에 있음을 드러내려 한 것이다.

합격자의 이름을 걸자마자 합격자를 찾아 외치는 관리의 소리가 우렁차게 터져 나왔다. 홍평국과 여보국의 이름이 장안 큰길에 진동했다. 그때 평국과 보국을 모시고 왔던 하인이 황성 문 앞에서 발표를 기다리고 있다가 급제자 이름 소리를 듣고는 급히 주막으로 뛰어 들어왔다. 하인이 큰 소리로 외쳤다.

"도련님들! 과거에 급제하셨습니다. 지금 급히 들어오시랍니다. 빨리 서두르세요."

평국과 보국이 크게 기뻐하고는 즉시 황제가 있는 황궁으로 갔다. 곧바로 들어가서는 황제가 앉아 있는 곳 앞에 절하고 엎드렸다. 황제가 칭찬했다.

"경卿들을 보니 옛날 삼국 시절 오나라 손책*의 모습 같구나. 짐朕이 경들을 얻은 것은 마치 소열황제昭烈皇帝 유비*가 복룡*과 봉추*를 얻은 것과 같다. 진실로 든든하구나. 경들과 함께라면 어찌 종묘사직*을 보전하지 못하겠는가."

이렇게 한참을 기뻐했다. 그러고는 평국에게는 한림학사*를 제수*하

손책孫策(175~200년) 중국 후한(後漢) 말의 장수로 무예와 지혜가 뛰어났다. 그가 닦은 기반을 바탕으로 그의 동생 손권이 오(吳)나라를 세웠다.
유비劉備(161~223년) 삼국 시대 촉한(蜀漢)의 제1대 황제(재위 221~223년). 관우·장비와 결의형제하였으며, 삼고초려로 제갈량을 맞아들인 일이 유명하다. 소열황제는 묘호이다.
복룡伏龍 '숨어 있는 용'이라는 뜻으로, 은거하여 세상에 나오지 않는 재사(才士)나 준걸을 이르는 말이다. 흔히 유비에게 발탁된 제갈량(諸葛亮, 181~234년)을 일컫는다. 제갈량은 자가 공명(孔明)으로, 제갈공명이라 많이 불렸고, 와룡선생(臥龍先生)으로도 불렸다.
봉추鳳雛 봉황의 새끼라는 뜻으로, 지략이 뛰어난 젊은이를 비유적으로 이르는 말이다. 유비에게 발탁된 방통(龐統, 178~213년)을 일컫는다. 자는 사원(士元)이다.
종묘사직宗廟社稷 왕실과 나라를 통틀어 이르는 말
한림학사翰林學士 황제의 명령이나 공고문 등을 짓는 일을 맡아보던 벼슬
제수除授 왕이 벼슬을 내리는 일

고 보국에게는 부제학*을 제수했다. 황제가 친히 어사화*를 내려 주니, 두 사람은 은혜에 감사하여 어쩔 줄 몰라 했다.

그들은 황제에게 절하고 물러 나왔다. 황궁을 나와서는 머리에 어사화를 꽂고 몸에는 붉은 비단옷을 입고 허리에는 옥으로 만든 띠를 띠었다. 말을 타고 머리 위로 햇빛을 가리는 청홍개靑紅蓋를 받치게 했다. 온갖 악기 소리와 기녀들의 노랫소리가 둘을 뒤따랐다. 그렇게 장안 대로로 당당하고 의젓하게 나섰다. 서울 장안에서 칭찬하지 않는 사람이 없었고 부러워하지 않는 사람이 없었다.

말을 타고 나란히 가던 평국이 눈물을 흘리며 말했다.

"부제학은 부모님 두 분을 모시고 있으니, 이런 영화로움을 부모님께 보여 드릴 수 있겠지만, 나는 부모님이 없는 사람이라네. 이런 모습을 누구에게 보이겠는가."

그러면서 길게 탄식했다. 그러자 보국도 비통해하다 입을 열었다.

"사람이 모두 때가 있으니, 그대는 부모님이 지금 계시지 않다고 해서 슬퍼하지 마시오. 훗날 분명히 즐거울 때가 있을 테니 마음을 단단히 잡으시오."

며칠 후, 한림학사 홍평국과 부제학 여보국이 황제를 뵙고 부모님께 인사드리러 가게 해 달라고 청했다. 황제가 말했다.

"경들은 짐의 손발이나 다름없다. 잠시라도 조정朝廷을 떠나서는 안 된다. 하지만 부모님을 뵙고 온다는 것을 말릴 수는 없구나. 그러니 부모님을 뵌 후 즉시 돌아와 짐을 도우라."

평국과 보국은 황제의 말에 감사하며 절하고 물러 나와 고향으로 향했다. 고향에 돌아와 여공 부부에게 급제했다는 소식을 전하며 영화롭게 된 모습을 보였다. 여공 부부가 이루 말할 수 없을 정도로 기뻐했다. 그러다가 여공이 평국의 표정을 보니 즐거움이 없고 다만 눈물 흔적만 있을 뿐이었다. 여공이 그 마음을 짐작하고 평국을 위로했다.

"모두 하늘의 운수가 있는 것이다. 지난 일을 가지고 슬퍼하지 마라. 하늘이 너를 도와 훗날 부모님을 뵙게 할 것이고, 또 두 분을 모시고 영화롭게 살게 될 것이니 지금 너무 서러워하지 마라."

평국이 일어나 여공에게 절하고 말했다.

"강물에 떠내려가던 저를 거두어서 이처럼 귀하게 되도록 해 주셨으니 감사합니다. 키워 주신 은혜를 뼈에 새겨 잊지 않겠습니다."

여공과 주변 사람들이 모두 평국을 칭찬했다. 다음 날 평국과 보국은 명현동으로 가서 곽 도사를 뵈었다. 곽 도사 역시 크게 기뻐하고는 다시 충과 효를 가르치며 둘을 훈계했다.

부제학副提學 제학(提學) 밑의 벼슬로, 궁중의 문서를 맡아보는 자리. 이 글에서는 한림학사보다 아래 벼슬로 그려지고 있다.

어사화御賜花 조선 시대 문무과(文武科)에 급제한 사람에게 임금이 하사한 꽃

대원수 홍평국

평국과 보국이 아직 명현동에 있을 때였다. 하루는 밤중에 곽 도사가 하늘의 기미를 살피더니 안으로 들어와 평국과 보국을 불러 말했다.

"북방에서 도적이 일어나 장안과 황성을 침범하려고 한다. 추성•과 익성•이 자미성•을 둘러쌌으니 큰일이다. 급히 황성으로 올라가 국가를 보존하고 백성들을 편안하게 해라."

그러면서 봉인한 편지 하나를 평국에게 주었다.

"전쟁터에 나가 죽을 일을 당하거든 이 편지를 뜯어보아라. 그리고 안에 쓰인 대로 하거라."

도사는 말을 마치고 둘을 재촉해 떠나게 했다. 둘이 무릉포로 가서 여공에게 하직 인사를 드리고 떠나려 하자, 도사가 말했다.

"들를 시간이 없다. 형세가 위급하니 곧장 가라."

어쩔 수 없이 둘은 곧바로 떠나는 사연만 사람 편에 전하고, 각기 말 한 필씩을 골라 타고서 밤낮을 쉬지 않고 황성으로 달려갔다.

이때, 북쪽 옥문관을 지키는 장수가 황제에게 급한 장계•를 올렸다.

황제가 장계를 열어 보았다.

변방 가달국의 서달이란 자가 군대를 이끌고 쳐들어왔나이다. 비사 장군 악대와 비룡장군 철골통 등 여럿을 선봉장으로 삼아, 정예 군사 팔십만과 용맹스러운 장수 천여 명을 거느리고 복주 칠십여 성을 쳐서 항복받았사옵니다. 이미 복주 자사 장기덕을 베었고 지금은 황성을 침범하려고 장안을 노리고 있사옵니다. 형세가 매우 위급하오니 폐하께서는 명장을 파견하시어 막아 주소서.

장계를 다 읽은 황제는 크게 놀랐다. 모든 문무백관°들을 불러들여 장계를 보여 주고 이 일에 대해 의논했다. 한참을 의논하던 대신들이 모두 같은 말로 황제에게 아뢰었다.

"한림학사 홍평국이 비록 나이는 어리나 재주가 뛰어나고 지혜가 넘칩니다. 홍평국을 시켜 도적을 막게 하시는 것이 가장 좋을 듯합니다."

황제도 옳게 생각했다. 하지만 홍평국이 고향에 돌아가 장안에 없는 것이 문제였다. 급히 홍평국에게 고향에서 올라오라는 조서°를 내리려 할 때였다. 황성 남문을 지키는 수문장이 뛰어 들어와 아뢰었다.

추성箒星 혜성(彗星)
익성翼星 28수(宿) 중 27번째 남쪽 별
자미성紫微星 북두칠성의 동북쪽에 있는 열다섯 개의 별 가운데 하나로, 중국 황제의 운명과 관련 된다고 믿는 별
장계狀啓 지방에 있는 신하가 중요한 일을 황제에게 보고하는 일, 또는 그런 문서
문무백관文武百官 문관과 무관 모두를 일컫는 말로 '모든 신하'라는 의미이다.
조서詔書 임금의 명령을 알릴 목적으로 적은 문서

"한림학사 홍평국과 부제학 여보국이 지금 황성 문밖에 대령하고 있사옵니다."

황제는 한편으로는 기쁘면서도 한편으로는 놀랐다.

"급히 들어오라 이르라."

남문 수문장이 전해 주는 명령을 듣자마자 평국과 보국이 황궁에 들어와 황제 앞에 엎디었다. 황제의 얼굴에 기쁨이 퍼졌다.

"지금 북방 도적들이 복주 칠십여 성을 쳐서 항복시켰다고 하오. 복주 자사 장기덕을 베고 황성까지 침범하려 한다니 형세가 매우 위급하오. 경들이 충성을 다해 나라와 황실을 보존하시오."

평국과 보국이 다시 엎드리며 말했다.

"소신들이 미천하고 재주가 짧으나, 그깟 도적들은 북을 한 번 치는 것으로도 깨뜨릴 수 있사오니, 폐하께서는 걱정하지 마시옵소서."•

황제가 크게 기뻐하고는, 즉시 평국을 대원수大元帥로 삼고 보국을 대사마大司馬 중군장中軍將이 되게 하여 평국을 보좌하게 했다. 그리고 장수 천여 명과 군사 삼십만을 내주었다.

대원수 홍평국이 즉시 여러 장수들과 군사들을 불러 모으고는 떠나려 했다. 원수는 황금으로 만든 투구에 백운갑•을 입었다. 허리에는 보궁•과 비룡 화살•을 찼다. 왼손에는 산호珊瑚로 꾸민 채찍을 들고 오른손에는 수기•를 들어 군대를 호령했다. 여러 장수들과 군사들이 원수의 지휘와 호령에 신속하게 움직였다. 원수의 군령이 엄숙하고 위엄이 넘치는 것을 본 황제가 크게 기뻐했다.

"대원수의 용병술이 이렇게 대단하니 어찌 쥐새끼 같은 북방 도적들을 근심하겠는가."

그러고는 대장군 깃발에 친히 '한림학사 겸 정북대원수• 홍평국'이라는 글을 써서 하사했다. 이윽고 원수가 거느린 군대가 떠나려고 대열을 갖추어 정비했다. 행군할 때 펄럭이는 깃발과 창검이 천지에 가득하고, 그 위세와 엄숙함이 백 리 밖까지 넘쳐흘렀다.

문득 황제는 원수의 진영陣營이 보고 싶어졌다. 그래서 대신들을 거느리고 원수가 행군하려고 준비하고 있는 진영을 찾아갔다. 황제의 행차가 원수의 진영 문밖에 이르렀지만 진문陣門을 맡은 장수가 문을 굳게 닫고 도무지 열지를 않았다. 황제를 모신 대신이 장수를 질책했다.

"무슨 짓인가? 지금 황제께서 이곳에 납시었다. 빨리 문을 열라."

그랬지만 진문을 지키는 장수는 꿈쩍도 하지 않고 대답했다.

"군대를 이루어 출병出兵한 장수는 오직 원수의 명령만 듣는 법입니다. 황제의 명이라 해도 들을 수 없습니다. 비록 황제께서 납시었다고 해도 대원수의 명령 없이는 진문을 열 수 없습니다. 돌아가십시오."

그러자 할 수 없이 황제가 원수에게 조서를 내려 자신이 왔음을 알렸다. 그제야 황제가 온 줄 알게 된 원수는 깜짝 놀라 진문을 맡은 장수에게 황제를 맞이하라고 명령했다. 이윽고 장수가 진문을 열고 황제를 들

그깟~마시옵소서 지금처럼 통신 기기가 발달하지 못했던 옛날에는 군대를 진군시키기 위해 북을 치고 후퇴시키기 위해서는 징을 쳤다. 그 소리를 듣고 군사들이 한결같이 움직였던 것이다. 여기서 계월이 북을 한 번 치는 것으로 적을 깨뜨릴 수 있다고 말한 것은 단번에 적을 섬멸할 수 있다는 자신감을 드러낸 것이다.
백운갑白雲甲 흰 구름 무늬를 한 갑옷. 보통 좋은 갑옷을 뜻한다.
보궁寶弓 튼튼하고 좋은 활
비룡飛龍 화살 날아가는 용처럼 튼튼하고 좋은 화살
수기手旗 군대를 인솔한 지휘관의 직책을 표시한 깃발로 군대를 지휘할 때 쓴다.
정북대원수征北大元帥 '북방을 정벌하는 임무를 맡은 대원수' 란 의미로, 그때그때 사안에 따라 임금이 임시로 내리는 군대 지휘관의 명칭 중 하나이다.

어오게 했다. 그런데 그 장수가 황제는 물론 대신들까지 말을 타고 들어오는 것을 가로막았다.

"군율*에 진중에서는 누구도 말을 달리지 못하게 되어 있습니다. 모두 말에서 내리시지요."

서슬 퍼런 장수의 말에 어쩔 수 없었다. 말에서 내린 황제는 홀로 걸어 원수가 지휘하는 대장군의 망대로 올라갔다. 군대 진군 문제를 고민하고 있던 원수는 황제가 오는 것을 보고 급히 장군대에서 내려왔다. 하지만 보통 때처럼 땅에 엎드려 절하지 않고 고개를 숙여서만 인사했다.

"명령을 받고 떠난 군대의 장군은 큰절을 하지 못하게 되어 있습니다. 폐하, 용서하소서."

이렇게 말하며 한쪽 무릎을 구부려 몸을 낮출 뿐이었다. 황제가 이 모든 것을 보고 크게 칭찬했다.

"원수의 진법陣法과 군사들을 보니 내가 무슨 근심이 있겠소."

그러고는 자신의 허리에 찬 인검*을 끌러 원수에게 주었다. 원수는 두 손으로 황제의 인검을 받아 들었다. 그러자 진중의 모든 장수들과 군사들이 더욱 엄숙해졌다. 황제는 공을 이루고 돌아오기를 당부하고 황궁으로 돌아갔다.

군율軍律 모든 군인에게 적용되는 군대 내의 규범이나 질서
인검引劍 황제가 장수에게 내리는 검으로, 이 검을 받은 장수는 명령을 어긴 자를 보고하지 않고도 즉각 죽일 수 있는 권한을 가진다.

하늘이 내린 장수

홍 원수는 행군한 지 사흘 만에 옥문관에 다다랐다. 옥문관을 지키던 장수가 원수와 군사들을 맞아들였다. 원수는 사흘을 옥문관에서 머물며 적들의 상황을 파악했다. 마침내 북방 가달국의 병사들이 국야원에 있다는 것을 알게 되었다.

 작전을 짠 원수는 군대를 이끌고 벽파도를 지나 천운동을 넘었다. 그리고 잠시 서서 국야원을 내려다보았다. 가달국의 정예 군사 팔십만이 국야원 넓은 들판에 도도하게 진영을 펴고 있는 것이 눈에 들어왔다. 깃발이 빽빽하고 날카로운 창검이 즐비한 것이 함부로 대적하기 힘든 상대라는 것을 느끼게 했다.

 하지만 원수는 조금도 거리끼지 않았다. 적진을 향해 정중앙에 진을 펴게 했다. 그리고 진문을 굳게 닫고 진영 전체에 전령을 보내 명령했다.

 "함부로 나서지 마라. 조금이라도 내 명령을 어기는 자는 즉시 목을 베겠다."

 군중의 모든 장수와 군사들 중에 겁을 먹지 않은 자가 없었다.

다음 날이었다. 황금 투구에 백운갑을 입은 원수가 오른손에 칠 척 장검을 들고 왼손에 수기를 들고는 적토마*를 몰아 진문 밖에 나섰다. 그러고는 적진을 향해 크게 외쳤다.

"이 무도한 오랑캐야, 내 말을 들어라! 지금 황제의 성스러운 덕이 온 세상에 덮여 백성들이 편안하게 살고 태평성대*의 노래를 부르며 즐거워하고 있는데, 너희처럼 무지한 놈들이 감히 황제의 덕과 위엄을 모르고 대국을 침범한단 말이냐. 내 황제의 명을 받들어 너희 오랑캐들의 목을 베고 북방을 평정하려 하니, 네놈들 모두 목을 길게 늘이고 내 칼을 받아라. 죽음이 두렵거든 당장 나와 항복해라."

원수의 말에 격분한 비사장군 악대가 적진에서 급히 뛰쳐나왔다. 그는 장창을 들고 원수를 향해 꾸짖었다.

"내 너를 보니 입에 젖비린내도 가시지 않은 어린애로구나. 어디서 감히 큰소리를 친단 말이냐. 이놈, 내 칼을 받아라!"

그러고는 장창을 휘두르며 말을 달려 덤벼들었다. 그것을 보고 원수가 적토마를 타고 달리며 말했다.

"너 같은 도적놈을 베려고 황제의 명을 받은 것이니, 네 목이 달아난다고 해서 너무 서러워 마라."

말을 마치자마자 원수는 칼을 들고 춤추듯 달려들었다. 원수와 악대가 서로 덤벼들어 싸우기를 삼십여 합*이 지났지만 승부가 나지 않았

적토마赤兔馬 중국 삼국 시대 관우(關羽)가 타던 말로 흔히 뛰어난 말을 일컫는다.
태평성대太平聖代 어진 임금이 잘 다스리어 태평한 세상이나 시대
합合 싸움에서 칼이나 창이 서로 마주치는 횟수를 세는 단위

다. 어느새 사십여 합이 넘어가려 했다.

적진의 서달이 장대에 서서 바라보니 악대의 칼 놀림은 점점 둔해지는데, 원수의 칼빛은 오히려 점점 날카롭고 씩씩해지고 있었다. 서달이 크게 놀라 악대를 응원하려고 쳐 대던 북을 던져 버리고 징을 쳐서 악대를 불러들였다.

자기 진영에서 징 소리가 나자, 악대는 말 머리를 돌려 자신의 진영으로 도망쳤다. 원수는 분함을 머금고 본진으로 돌아왔다. 원수를 맞은 여러 장수와 군사들이 모두 원수의 용맹을 칭송했다.

"원수의 검술과 좌충우돌하는 법은 춘삼월春三月 버들가지가 바람에 흔들리는 듯 부드러우면서도 추구월秋九月 초승달이 검은 구름을 헤치고 번뜩이듯 날카롭습니다."

이때 중군장 여보국이 앞으로 나서며 원수에게 아뢰었다.

"내일은 소장이 나가서 저 악대의 머리를 반드시 벤 뒤에 원수께 바치겠나이다."

원수가 만류하며 말했다.

"악대는 평범한 졸장부가 아니다. 중군장은 물러 있으라."

하지만 보국은 도무지 들으려 하지 않았다. 계속 간청하자 원수가 말했다.

"군중에서는 장난으로 하는 말이 없다. 만일 적장의 목을 베어 오지 못하면 어떻게 하려느냐?"

"만일 베어 오지 못하면 군법을 시행해 소장을 처벌하소서."

원수가 정색을 하고 말했다.

"다시 말하지만 군중에서는 사사로운 정을 돌아보지 않는다. 정말이냐?"

그러자 보국이 투구를 벗고 다시 한 번 원수와 여러 장수 앞에 큰소리로 다짐을 했다.

다음 날, 갑옷을 입고 용총마˙를 탄 보국이 칠 척 장검을 위로 높이 쳐들고 원수를 돌아보며 말했다.

"적장을 베지 못하면 절대로 징을 쳐서 부르지 마소서."

원수가 끄덕이자, 보국이 진문 밖으로 용감하게 나서서 크게 외쳤다.

"도적 같은 오랑캐야! 어제 끝내지 못한 싸움을 마저 하자. 오늘 끝장을 보자."

외치는 소리가 태산이 무너지는 듯, 북해 바닷물이 부글부글 끓는 듯했다. 그는 계속 말을 달리면서 싸움을 돋웠다.

"나는 명나라 중군장 여보국이다. 대원수의 명을 받아 너희를 쳐 함몰시키려고 나왔다. 비겁한 악대야, 어서 썩 나와 내 칼을 받아라."

계속 적진 앞을 왔다 갔다 하며 비아냥거리기를 쉬지 않았다. 어제 원수와 싸웠던 악대가 크게 노했다. 뛰쳐나가려는 것을 옆에 있던 평사장군 무길이 만류하고는 자신이 나가겠다고 했다. 무길이 나는 듯이 훌쩍 말에 올라타고서는 진문 밖으로 나왔다.

무길이 보국과 어울려 싸우기를 수십 합이 못 되어 보국의 칼이 번쩍였다. 그러자 무길의 머리가 땅에 굴러떨어졌다. 보국이 창으로 무길의 머리를 꿰어 들고시는 소리쳤다.

"악대야! 애매한 부하 장수들만 죽이느냐? 빨리 나와 목을 늘이고 항

용총마龍驄馬   용마(龍馬). 매우 잘 달리는 훌륭한 말

복해라."

그때 총서장군 충관이 무길이 죽는 것을 보고 그만 화가 치솟았다. 곧장 말을 몰아 진문 밖으로 뛰쳐나와 보국을 향해 칼을 휘둘러 댔다. 하지만 충관 역시 삼십여 합이 못 되어 보국의 칼에 목이 잘렸다. 두 장수가 연달아 보국에게 죽자 가달국 진영이 웅성거리며 들끓었다. 이때 양초장군 우지회가 한 가지 꾀를 내었다.

말에 오른 우지회는 진문 밖으로 나와 보국과 어울려 싸웠다. 삼십여 합이 넘어도 승부가 나지 않았다. 그러자 우지회가 거짓으로 패한 척하며 자기 진영으로 도망쳤다. 승세를 타 흥분한 보국이 우지회를 뒤쫓으며 고함을 질렀다. 정신없이 쫓아가는데 갑자기 가달국 진영에서 함성이 쏟아지더니 수많은 병사들이 나타났다. 그러더니 보국을 에워싸고는 사정없이 달려들었다. 놀란 보국은 정신없이 칼을 휘두르며 달아나려 했지만 앞뒤 모두 길이 막혀 어쩌지 못했다. 꼼짝없이 죽게 된 지경에 이르자 보국은 하늘을 향해 속으로 길게 탄식했다.

싸움을 지켜보고 있던 원수는 갑자기 적진에서 군사들이 쏟아져 나와 보국을 에워싸고 창을 휘두르는 것을 보고 깜짝 놀랐다. 보국의 위급함에 들고 있던 북채를 땅에 던지고 나는 듯이 적토마에 올라타고는 진문 밖으로 뛰어나갔다.

"이놈들아! 내 중군장을 해치지 마라."

그러면서 무수한 구름처럼 늘어선 적군을 헤치고 쳐들어갔다. 보국이 있는 곳에 다다른 원수는 보국을 잡아 옆구리에 끼었다. 그러고는 좌충우돌하며 적 장수 오십여 명을 베었다. 그러자 원수의 서슬에 가달국 군사들이 놀라 물러서고 말았다. 원수가 적진을 이리저리 짓밟으며

마치 나는 듯이 들어왔다 물러갔다. 이런 모습을 본 서달이 악대를 돌아보며 말했다.

"명나라 대원수 홍평국은 하늘의 신이 아니면 땅의 신이 분명하다. 누가 능히 당하겠는가."

그러면서 깊이 탄식하기를 그치지 못했다.

불길에 휩싸인 홍 원수

보국을 구하여 본진으로 돌아온 원수는 그를 땅에 내던졌다. 그러고는 자신의 막사로 들어가 장군대에 올라가 앉아 호위 무사들에게 호령했다.

"중군장을 잡아들여라."

주위 장군들까지 원수의 추상같은 명령에 넋이 빠질 지경이었다. 호위 무사들이 한꺼번에 달려들어 중군장 여보국을 잡아 장군대 아래 꿇어앉혔다. 원수가 크게 꾸짖었다.

"중군장은 들어라. 내가 만류하였거늘 자원하여 다짐하더니 이렇게 패한단 말이냐. 네 죄를 알렷다? 장수가 오랑캐의 꾀에 빠져 수치를 당하다니 이 무슨 짓이란 말인가. 내가 도적에게 죽을 네 목숨을 구한 것은 오랑캐의 더러운 칼에 죽지 않게 하려는 것이었을 뿐이다. 군법軍法에는 사사로운 정이 없다고 분명히 말했다. 네 목을 베어 다른 장수들의 본보기로 삼겠다. 죽는 것을 서러워 마라."

그러고는 큰소리로 호령했다.

"중군장 여보국을 진문 밖에 끌어내어 목을 쳐라."

설마 목을 베라는 명령을 할 줄은 몰랐던 주위 장수들은 원수의 서릿발 같은 명령에 놀라 모두 꿇어 엎드려 원수에게 간청했다.

"중군장 여보국의 죄는 군법에 따라 목을 베는 것이 마땅합니다. 하오나, 제 힘을 다하여 적장 둘을 베고 또 적군을 무수히 죽이며 적진을 짓밟다 패한 것입니다. 원수께서는 그 공을 조금이라도 생각하시어 오늘의 이 죄를 한 번 용서하여 주옵소서."

이렇게 거듭 빌었다. 원수가 한참을 생각하다가 보국에게 말했다.

"내가 네 목을 베어 여러 장수들의 본보기로 삼아 경계토록 하려 했는데, 여러 장수들이 이렇게 거듭 너를 용서해 줄 것을 간청하니 어쩔 수 없구나. 내 이들의 얼굴을 보아 네 죄를 용서하겠다. 이제 경거망동을 삼가라. 알겠느냐?"

말을 마치고는 썩 물러가라고 호통을 쳤다. 보국은 거듭 머리를 조아리며 사죄하고 물러 나와 자기 막사로 돌아갔다.

다음 날, 원수가 갑옷을 입고 적토마에 올라 진문 밖으로 나섰다. 적진을 향해 그는 크게 외쳐 말했다.

"어제는 내 중군장의 지혜가 부족하여 패했다. 오늘은 내 친히 네놈들과 싸우겠다. 이제 너희 머리를 베어 어제의 분함을 씻겠다. 적장은 목을 길게 늘이고 내 칼을 받아라!"

원수가 외치는 소리에 천지가 무너지는 듯 진동했다. 적장 악대가 원수의 말에 분함을 이기지 못하고 말을 몰아 달려 나왔다. 원수와 악대가 어울려 싸웠지만 구십여 합에도 승부를 가리지 못했다. 마침내 원수가 왼손으로 긴 창을 들어 악대가 탄 말을 찔렀다. 그러자 악대의 말이 거꾸러졌다. 그 서슬에 악대가 말에서 떨어져 땅에 뒹굴었다. 그 순간 원수가 나는 듯이 달려들어 악대의 머리를 베어 버렸다.

 그러고는 적진으로 달려들어 도망치는 적병들을 헤치며 이쪽저쪽 달리면서 가달국 중군장 마하요까지 베어 버렸다. 그렇게 한참을 적진을 짓밟고는 칼을 춤추듯이 흔들며 본진으로 돌아왔다. 여러 장수와 군졸들이 진문 밖까지 나와 원수를 맞이하며 칭송하는 소리가 우레 같았다. 원수가 악대의 머리를 함에 넣어 봉하고는 황제에게 올리는 장계를 썼다. 그리고 전령을 시켜 악대의 머리와 장계를 황성으로 보냈다. 악대가 죽으니 가달국의 서달은 하늘을 쳐다보며 통곡했다.

 "이제 우리 가달국은 망했구나. 비사장군 악대가 죽었으니 누가 저 홍평국을 당하겠는가!"

 그러자 비룡장군 철골통이 서달 앞에 엎드리며 말했다.

 "소장에게 한 가지 묘책이 있습니다. 너무 염려 마옵소서. 명나라 원수가 제아무리 용맹하다 하나 이 계책은 벗어나지 못할 것입니다. 염려 놓으십시오."

 이러고는 자신의 막사로 돌아가 계책을 상세히 세웠다. 철골통은 그날 밤에 부하 장수 둘을 불러 명령했다.

 "각각 군사 일천 명을 거느리고 천문동에 매복하여라. 내일 적장 홍평국을 유인하여 골짜기로 들어가게 할 테니, 그때 사방에 불을 질러 평국을 죽여라. 제아무리 뛰어난 장수라고 해도 절대 벗어나지 못할 것이다."

 두 장수가 철골통에게 절하고 즉시 떠났다.

 다음 날이 되었다. 다시 원수가 진문 밖에 나서서 싸움을 재촉했다. 철골통이 이 말을 듣고 진 밖으로 나서며 말했다.

"우리 비사장군 악대가 실수하여 네게 죽었지만, 내 칼로 네 머리를 베어 악대의 원수를 갚을 것이다. 그리고 네 황제를 사로잡아 천하를 평정하리라."

이 말에 원수가 크게 분노했다.

"버르장머리 없는 오랑캐가 감히 하늘의 뜻을 모르고 무슨 망령된 말을 하는 거냐?"

흥분한 원수가 적토마를 몰아 철골통에게 달려들었다. 그러나 칠십여 합에도 승부가 나지 않았다. 날이 점점 저물어 갔다. 그러다가 철골통이 거짓으로 패한 척하며 투구를 벗어 들고 창을 끌면서 천문동 쪽으로 달아났다. 원수가 칼을 휘두르며 여세를 몰아 그 뒤를 바짝 쫓았다. 천문동 골짜기 어귀에 들어설 때 날이 이미 저물었다.

어두워서 그런지 앞서 도망치던 철골통이 갑자기 보이질 않았다. 순간 원수는 적의 꾀에 빠졌음을 깨달았다. 즉시 말 머리를 돌려 골짜기를 벗어나려 할 때였다. 갑자기 사방에서 큰불이 일어나며 원수를 에워쌌다. 그러더니 불빛이 하늘을 찌를 듯 거세졌다. 사정없는 불길이 시뻘겋게 원수에게 달려들었다. 이리저리 뛰었지만 도저히 벗어날 방도가 없었다. 원수가 하늘을 우러러 탄식했다.

"아아! 내가 죽으면 이 나라 강산은 어찌 된단 말이냐."

그러고는 다시 한탄했다.

"어려서 잃은 부모님을 뵙지 못하고 죽는 것이 한이로구나."

순간 어려서 고생하다가 여공에게 도움을 받고, 곽 도사에게 가서 공부하던 것까지 그동안 겪었던 일들이 눈앞에 주마등처럼 지나갔다. 곽 도사를 떠올리자, 갑자기 도사가 위급할 때 열어 보라고 준 편지가 생각났다. 품에서 편지를 꺼내 뜯어보았다.

> 봉투 안에 부적을 같이 넣었다. 천문동 어귀에서 불길을 만나거든 오방五方에 부적을 던져라.

다시 봉투 안을 보니 청靑·홍紅·흑黑·백白·황黃 오색 종이가 들어 있었다. 원수는 하늘을 우러러 스승 곽 도사에게 예를 표하고 기뻐했다. 오색 종이를 꺼내 각각을 방위에 맞게 차례로 던졌다.˙ 그러자 사면에서 검은 구름이 일어나더니 급한 비바람이 몰려왔다. 그러더니 비를 사정없이 쏟아 내기 시작했다. 하늘을 찌를 듯하던 불길이 삽시간에 꺼져 버렸다.

원수가 정신을 차리고 하늘을 보니 휘영청 밝은 달이 동쪽 산 위에 떠 있었다. 그는 말을 몰아 서둘러 본진으로 돌아왔다.

그런데 본진에 돌아와 보니 명나라 군사들은 물론이고 서달의 적병들까지 아무도 보이질 않았다. 진을 쳤던 자국만 남아 있었다. 원수가 진이 있던 곳 여기저기를 돌아다니며 생각했다.

'적병들이 내가 불구덩이에서 죽은 줄 알고 마음 놓고 우리 진영을 짓밟았구나. 그러고는 황성을 공격하러 간 것이 틀림없다.'

오색~던졌다 동양에서 세상을 이해하는 방법 중에 오행(五行)이란 것이 있는데, 온 세계 공간도 다섯으로 나누어 생각했다. 그래서 동·서·남·북·중앙으로 나눠진 공간은 다시 계절, 시간, 색깔 등 다섯으로 나눠진 것들과 연결시켰다. 이렇게 공간과 색깔을 연결했던 것을 보면, '동쪽-청색', '서쪽-백색', '남쪽-홍색', '북쪽-흑색', '중앙-황색'이 된다. 생국이 각각 이런 공간의 방위에 맞게 각 색깔의 종이를 던진 것이다.

원수는 드넓은 들판에 혼자 서서 탄식했다. 어디로 가야 할지 몰라 주저하고 있을 때 옥문관 방향에서 고함 소리와 징 소리가 바람에 실려 날아왔다. 원수가 말을 재촉하여 함성이 나는 곳으로 달려갔다. 칠십여 리를 달려가 보니, 불빛이 하늘을 찌르고 징 소리와 북소리가 천지를 울리는 가운데 적장이 누군가를 쫓는 목소리가 들렸다.

"명나라 졸개들아, 도망치지 말고 내 칼을 받아라. 이미 너희 원수 홍평국이 천문동에서 불에 타 잿더미가 되었으니, 오합지졸* 같은 너희 군사들이 어찌 우리를 당하겠느냐."

그렇게 고함치며 좌우로 정신없이 달려들고 있었다. 원수는 그런 모습을 보자 분노가 머리끝까지 치솟아 그들에게 달려들며 크게 소리 질렀다.

"네 이놈들, 명나라 대원수 홍평국의 칼을 받아라."

그러면서 번개처럼 덤벼들어 적들의 머리를 베었다. 철골통과 가달국 장수들이 원수의 소리를 듣고 깜짝 놀라 돌아보았다. 그러자 죽은 줄로 알았던 홍평국이 정말 칼을 휘두르며 달려드는 것이 아닌가. 서달은 말에서 떨어질 듯 놀랐다. 그가 철골통을 돌아보며 말했다.

"천문동 불구덩이 속에서 죽었다고 하더니 어떻게 된 것인가? 거기서 벗어났단 말인가?"

그사이 원수의 칼이 번쩍이는 곳에서 군사들이 수십 명씩 죽어 나갔

오합지졸烏合之卒 까마귀가 모인 것처럼 실서가 없이 모인 병졸이라는 뜻으로, 임시로 모여들어서 규율이 없고 무질서한 병졸 또는 군중을 이르는 말

다. 사색이 된 철골통이 서달에게 말했다.

"우선 도망쳐 가달국으로 돌아가야겠습니다. 새롭게 장수들을 뽑고 다시 군사들을 모아 승부를 겨루는 것이 낫겠습니다. 지금은 저 홍평국을 당할 수 없습니다."

서달은 철골통의 말을 옳다 여기고, 남은 군사들과 장수들을 거느리고 도망쳤다. 적 우두머리가 도망치자 남은 적병들은 우왕좌왕하면서 모두 원수에게 짓밟히고 말았다. 서달과 철골통이 이끄는 적병들은 도주하다가 강가에 다다랐다. 뒤에서 고함 소리가 나는 것으로 보아 원수가 쫓아오는 것 같았다. 다급해진 서달이 말했다.

"아무래도 안 되겠다. 우선 배를 타고 저 섬으로 들어가 숨어야겠다."

철골통과 장수들도 그러자고 했다.

"그렇게 하시지요. 지금 밤이 깊고 달빛이 희미하여 사방이 잘 보이지 않습니다. 우리가 저 섬에 숨은 줄은 모를 겁니다."

서달과 철골통이 강가에 있던 어부들을 죽이고 배를 빼앗아 탔다. 그렇게 어둑어둑한 밤을 틈타 벽파도로 건너갔다.

이때, 홍 원수는 홀로 말을 달리며 적진을 짓밟았다. 칼이 빛나는 곳에 시체가 산처럼 쌓이고 적병의 피가 냇물이 되어 흘렀다. 원수의 갑옷도 피로 붉게 물들었다. 원수가 적진을 이리저리 뚫고 다니며 살펴봐도 서달과 철골통은 찾을 수 없었다. 그러다가 적병의 시체가 쌓인 곳에 멈춰 섰다.

원수는 길게 숨을 몰아쉬며 하늘을 쳐다보았다. 희미한 달빛만이 어스름하게 비치고, 멀리서 닭 우는 소리가 새벽이 오기를 재촉하고 있었다. 그러자 문득 처량한 심정이 되었다. 그때 갑자기 저편에서 군마軍馬

소리가 들렸다.

'서달과 철골통이 도망치는 소리구나.'

원수는 말을 재촉하여 소리 나는 쪽으로 달렸다.

감격적인 상봉

명나라 중군장 여보국은 원수가 천문동 불구덩이에서 타 죽은 줄로만 알고 있었다. 그래서 습격하는 가달국 병사들을 피해 명나라 진영을 수습하여 도주하고 있었다. 서달과 철골통은 쉬지 않고 뒤쫓으며 여보국을 괴롭혀 댔다. 명나라 군사들도 많이 죽고 말았다.

그런데 어찌 된 일인지 갑자기 적들의 공격이 느슨해지기 시작했다. 그러더니 적들이 우왕좌왕하는 것 같았다. 여보국은 의아하게 여겨 도망치던 것을 멈추고 군사들을 정비했다. 그리고 다시 진영을 꾸리려고 하였다.

그때 갑자기 뒤에서 고함치며 달려드는 장수가 있었다.

"도적놈은 도망치지 말고 내 칼을 받아라."

보국이 생각했다.

'철골통이 다시 쫓아오는구나. 이제 안 되겠다. 더 이상 도망칠 수는 없다. 내가 여기서 목숨을 걸고 싸우겠다.'

이렇게 마음먹고는 진영을 갖추고 싸우려 했다. 그때 후군後軍을 맡고 있던 장수가 급히 달려와 보국에게 말했다.

"뒤에서 쫓아오며 고함치는 장수가 아무래도 홍 원수 같습니다. 잠시 기다리소서."

보국이 놀라 물었다.

"네가 어떻게 아느냐?"

"희미한 달빛 속에 달려오는 말이 적토마 같고, 투구와 갑옷도 홍 원수의 것인 듯합니다. 무엇보다 고함 소리가 형산 백옥을 깨뜨리는 듯한 것이 홍 원수의 목소리입니다."

후군 장수의 말을 들은 보국은 군사들을 뒤로 물리고 유심히 고함 소리를 들어 보았다. 정말 홍 원수의 목소리였다. 보국이 즉시 말을 달려 앞으로 나가며 말했다.

"소장은 중군장 여보국입니다. 적장이 아니니 염려치 마옵소서."

달려오던 자는 정말 홍 원수였다. 희미한 달빛 속이어서 제대로 알아보지 못했던 것이다. 모든 것이 어슴푸레하게 보였다. 원수는 소리 나는 쪽을 향해 외쳤다.

"네가 정말 보국이라면 주위의 군사들에게 칼을 내리라고 명령해라."

그제야 보국이 말에서 내려 투구를 벗고 고개를 숙여 인사했다. 원수가 달려와 바라보더니 말에서 내렸다. 그리고 보국을 붙들고 진중으로 들어가 앉았다. 원수가 말했다.

"도사께서 주셨던 편지가 아니었다면 천문동에서 불에 휩싸여 죽을 뻔했다. 불구덩이에서 벗어나자마자 적진을 짓밟았지만 서달과 철골통을 찾지 못했다. 그런데 이쪽에서 군마 소리와 행군 북소리가 나더구나. 그래서 적병인 줄로 오해했다."

둘은 그간의 일을 서로 말하며 다시 만나게 된 것을 기뻐했다. 그리고 그곳에서 진영을 차리고 밤을 지냈다.

날이 밝았다. 옥문관을 지키는 장수가 급히 달려와 원수에게 보고했다.

"서달과 철골통이 부하 장수 삼십여 명을 이끌고서 강가에서 어부들을 죽이고 배를 빼앗았다고 합니다. 아마도 근처에 있는 벽파도로 숨어든 것 같습니다. 급히 놈들을 잡도록 명령해 주십시오."

원수가 그 말을 듣고 기뻐하며 중군장 여보국에게 명령했다.

"급히 밥을 지어 군사들을 먹여라. 그리고 강가에 가 배를 모아라."

보국이 원수의 명대로 즉시 시행했다. 원수는 군사를 세 패로 나누어 배를 타고 건너게 했다. 깃발이 새벽바람에 흩날리고 날카로운 창들이 햇빛에 번쩍였다.

원수는 배 한가운데 높이 마련한 장군대에 올라가 칠 척 장검을 빼어 들고 위엄 있게 앉았다. 삼지창과 도끼를 든 호위 무사들이 좌우에서 원수를 모셨다. 원수가 수기를 들고 호령하니, 배가 벽파도를 향해 힘차게 나아갔다. 명나라 군사의 사기가 하늘을 찌를 듯했다. 서달의 무리가 비록 산을 뽑고 세상을 뒤덮을 만한 기운이 있어도 절대 벗어나지 못할 것 같았다.

벽파도에서는 부인을 만난 홍 시랑이 계속 그곳에 살고 있었다. 날마다 계월을 생각하며 눈물로 세월을 보내고 있었는데, 어느 날 밤에 야단스럽게 떠드는 소리가 났다. 놀란 홍 시랑이 급히 초막을 나와 살펴보니 어스름한 달빛에 무수한 도적들이 배에서 내리는 것이었다.

시랑은 재빨리 부인과 양운, 취양을 데리고 숲으로 도망쳐 숨었다. 그런데 도적들은 마구 휘젓고 다니는 것이 아니라 오히려 소리를 내지 않으려고 조심하는 것이었다. 게다가 여기저기 나뉘어 숨기까지 했다. 시랑과 부인들은 이상하다고 생각하면서도 섣불리 나서지 못하고 그대로 숨어 있었다.

그렇게 밤을 보내고 아침이 밝아 오는데, 뭍에서 강을 건너오는 무수한 배가 보였다. 멀리 바라보니 대장의 배인 듯 커다란 배가 유난히 돋보였다. 그 배 한가운데에 한 대장이 황금 투구에 백운갑을 입고 손에 수기를 들고 있었다. 그 대장은 여러 배에 나눠 탄 군사를 지휘하며 섬으로 다가왔다.

그러더니 차례로 섬에 내려 진영을 갖추는 것이 아닌가. 그 엄청난 장관壯觀에 압도되어 홍 시랑은 눈이 어질어질했다. 내린 군사들은 천지가 뒤집힐 정도로 북을 치고 나팔을 불었고 산이 깨질 정도로 함성을 질러 댔다. 시랑과 부인들은 꼼짝도 않고 숨어 있었다.

이렇게 벽파도에 내린 원수의 군사들이 기세를 올리며 조금씩 다가오자, 서달과 철골통은 어찌할 줄 몰라 서로 붙들고 숨죽여 통곡했다. 원수가 큰 목소리로 말했다.

"오랑캐 놈들을 한 놈도 빠짐없이 잡아들여라."

군사들이 원수의 명령에 큰 소리로 답하고, 사방으로 흩어져 오랑캐 군사들을 잡아들였다. 한꺼번에 달려드는 군사들의 형세에 어찌할 바를 모르던 서달과 철골통은 결국 잡히고 말았다.

원수가 강가에 진을 쳤다. 원수는 장군대 높이 앉고 여러 장수들이 그 주위에 둘러섰다. 사로잡힌 서달과 철골통, 적장들이 장군대 앞에 꿇어앉았다. 원수가 이들을 내려다보며 꾸짖고는 명령을 내렸다.

"이 오랑캐 놈들을 하나씩 차례로 진문 밖에 끌어내 목을 쳐라."

서릿발 같은 명령에 수행 무사들이 철골통을 비롯해 여러 장수들에게 달려들었다. 그들은 살려 달라고 버티었지만 소용없었다. 다들 끌려 나가 차례로 목이 잘렸다. 그 모습을 보고 서달이 무릎으로 기어가 땅에 엎드려 살려 달라고 애걸했다. 그때였다. 한 장수가 달려와 원수에게 말했다.

"어떤 놈이 여자 셋과 함께 숲 속에 숨어 있었습니다. 도망치는 것을 잡아 결박해 왔습니다."

그러고는 시랑과 세 부인을 장군대 앞에 끌어다가 던졌다. 네 사람은 넋이 빠져 정신을 차리지 못했다. 그대로 땅바닥에 엎어져 어쩔 줄 몰라 했다. 원수가 이들을 보고는 앞에 놓인 탁자를 크게 치며 책망했다.

"너희가 입은 옷을 보니 명나라 옷이 분명하구나. 그렇다면 중국 사람인데, 무슨 일로 오랑캐들에게 붙었느냐?"

정신을 차린 시랑이 눈물을 흘리며 말했다.

"그런 것이 아닙니다. 저희는 오래전 장사랑의 난리를 만나 이곳까지 쫓겨 내려왔습니다. 저들과는 아무 상관이 없습니다."

그 말에 원수가 비웃었다.

"거짓말 마라. 너희는 저 오랑캐 놈들을 따라 이곳에 들어왔다가 잡힌 것이 아니냐? 바른대로 말해라."

원수가 재촉하는 것이 성화같았다. 그 서슬에 시랑은 혼미하여 정신을 차릴 수가 없었다. 겨우 진정하고 말했다.

"아닙니다. 저는 예전에 시랑 벼슬을 하다가 소인배들에게 모함을 당해 고향에 내려와 지냈습니다. 그러던 어느 날 호계촌의 친구를 만나고 돌아오는 길에 장사랑의 난을 만났습니다. 장사랑에게 잡혀 그의 군대에 있을 때 황제께서 저를 붙잡으셨습니다. 그 죄로 인해 이 섬으로 귀양 온 것입니다. 그러다가 이 액운*을 만나게 되었습니다."

시랑의 말을 듣고 원수가 크게 소리쳤다.

"너는 황제의 은혜를 배반하고 역적 장사랑에게 붙었던 자로구나. 그것을 황제께서 특별히 용서해 주셨는데도 그 은혜를 생각하지 못하고 다시 이렇게 오랑캐들 편이 되었다가 내게 잡힌 것이 아니냐? 무슨 변명을 이리 한단 말이냐? 여봐라, 이자를 끌어내 당장 목을 베어라."

원수의 명령에 무사들이 달려들어 시랑을 잡아 끌어냈다. 부인은 눈앞에서 벌어지는 참혹한 상황에 그만 통곡하고 말았다.

"애고 애고, 이런 일이 다 있는가. 계월아, 계월아! 차라리 너와 함께 물에 빠져 죽었다면 이런 일을 안 볼 것을. 하늘이 이 모진 목숨을 살리어 이런 꼴을 보게 하시는구나."

이렇게 부인은 옛날에 죽지 못한 것을 슬피 한탄하며 가슴을 쳤다. 그때 원수가 부인의 말을 듣고 깜짝 놀랐다.

"잠깐 멈춰라!"

시랑을 끌고 나가던 무사들이 원수의 명령에 즉시 멈췄다. 원수는 주위의 장수들과 병사들을 물러서게 했다. 그러고는 장군대에서 내려와 잡혀 온 시랑과 부인들에게 다가갔다. 원수가 부인에게 조용히 물었다.

"아까 들으니 계월과 함께 죽지 못했다고 한탄하던데, 계월이 누구냐? 그리고 네 이름은 무엇이냐?"

원수의 말에 부인이 진정하고 말했다.

"저희는 형주 구계촌에 살았습니다. 저 사람은 제 남편으로 시랑 벼슬을 하였기에 사람들이 홍 시랑이라고 불렀습니다. 계월은 제 딸인데 예전에 물에 빠져 죽었습니다."

원수는 부인의 말을 듣자 천지가 아득해졌다. 모든 일들이 꼭 꿈만 같았다. 원수가 소리 지르며 내달아 부인을 붙들고 통곡했다.

"어머님, 제가 돗자리에 싸여 물에 던져졌던 계월입니다."

갑작스러운 원수의 말에 부인과 시랑은 하늘이 무너지는 듯 놀랐다. 그러다가 어찌 된 상황인지 자초지종을 알게 되었다. 셋은 서로 붙들고 슬피 통곡했다.

뒤쪽에 서 있던 장수들과 병사들도 갑작스럽게 벌어진 이 광경을 보고 놀랐다. 그러다가 그 사연을 알고는 천하에 다시없는 일이라며 같이 울었다. 중군장 여보국 역시 원수가 어려서 부모를 잃었다는 것을 알고 있었기에 슬픔이 북받쳐 눈물을 흘렸다.

이윽고 원수가 진정하고서 시랑과 부인들을 모시고 자신의 막사로 갔다. 부모를 윗자리에 모시고 그동안 겪었던 일들을 차례로 말했다. 돗자리에 싸여 물에 떠내려가다가 무릉포에 사는 여공에게 구해진 일, 여공의 아들 보국과 함께 친자식처럼 자란 일, 명현동 곽 도사에게서 팔 년 동안 공부한 일, 황성에 올라가 보국과 함께 급제한 일, 북방 가달국의 서달이 침범하자 대원수가 되어 전쟁터에 나온 일까지 세세하게 말했다.

이 모든 말을 들으면서 홍 시랑은 그 옛날 곽 도사가 했던 말을 떠올렸다.

액운/厄運 액을 당할 운수(運數)

"곽 도사가 너를 다섯 살 때 이별한다고 하기에, 다섯 살 때 죽는다는 말로 알아듣고 걱정을 많이 했다. 혹시 헤어지면 어찌 될까 해서 곽 도사에게 간청을 했다. 그랬더니 도사가 하늘의 일을 알려 줄 수 없다며 소매를 떨치고 가 버렸다. 그런데 결국 너를 여공이 구해 주고 곽 도사가 도와주었구나."

이렇게 말하며 시랑이 곽 도사와 여공의 은혜에 감격했다. 원수는 소리 없이 눈물만 흘리다가 양운을 돌아보고 말했다.

"옛날 아주머니는 저를 등에 업고 난리를 피해 도망 다녔지요. 어머니를 모시고 죽을 액운을 여러 번 넘기셨네요. 지금 여기서 하늘의 도움과 조상님들의 돌보심으로 아버님과 어머님을 만나게 된 것은 모두 아주머니 덕분이에요. 죽어 저승에 가도 아주머니의 은혜는 다 갚지 못할 겁니다."

원수가 또 취양을 향해 예를 갖추어 절하고 말했다.

"저승에 가서나 만나 볼 어머님을 여기서 만나게 된 것은 모두 부인의 은덕입니다. 이 은혜는 태산 같습니다. 제가 백골이 되어 사라져도 잊지 않겠습니다. 부인께서는 이제부터 저를 친자식처럼 여기세요. 제게 높임말을 쓰지 마시고 친자식처럼 이름을 부르세요."

이런 원수의 말에 취양이 오히려 황송해했다.

이때 중군장 여보국이 막사로 들어와 원수가 부모님들을 만나게 된 것을 축하했다. 원수가 보국의 손을 잡고 아버지 시랑에게 말했다.

"이 사람이 저와 같이 공부를 한 여공의 아들 보국입니다."

시랑이 급히 일어나 보국의 손을 잡고 눈물을 흘리며 말했다.

"자네 부친의 덕으로 죽었던 자식을 다시 보게 되었네. 정말 고맙네.

이 은혜를 어떻게 갚아야 할지 모르겠네."

홍 시랑의 말에 보국이 겸손하게 사양하며 절했다. 예를 다해 인사하고는 원수의 막사에서 물러 나왔다.

원수가 부모를 만났다는 소식이 온 진영에 두루 퍼졌다. 듣는 군사들마다 신기하게 여기며 축하했다. 섬에서는 잔치가 밤새도록 벌어졌다.

개선장군 홍평국

다음 날 아침이 밝았다. 원수가 진영을 정비하고, 좌우로 장수들이 늘어선 가운데 장군대에 높이 앉았다. 그리고 무사들에게 명령하여 서달을 데려오게 했다. 결박된 서달이 원수 앞에 나와 꿇어앉았다. 원수는 그에게 항복하는 문서를 써서 바치게 했다. 서달이 황급히 항복 문서를 써서 원수에게 바쳤다. 원수가 그것을 받은 후 말했다.

"네가 도망쳐 이 벽파도로 오지 않았다면, 나와 내 부모가 만나지 못했을 것이다. 네가 이곳으로 도망쳐 오게 되어 결국 내 평생의 한을 풀게 되었다. 이는 모두 하늘의 은혜이다. 그러나 네 공도 조금은 있는 듯하다. 이 모두 하늘의 뜻인 듯하니 네 목숨만은 살려 주겠다."

서달이 원수의 말에 거듭 머리를 조아리며 감격했다. 그러더니 눈물을 흘리며 말했다.

"무지하고 어리석은 제가 원수께 잡혀 죽기만 기다렸는데, 오히려 그렇게 말씀하시니 황공하옵니다."

원수는 서달이 진심으로 자기 잘못을 깨닫는 것을 알았다. 그래서 그를 잘 타일러 본국으로 돌려보내기로 마음먹었다. 그것이 북방이 평안해지는 한 방법이라고 생각했다.

"네 죄를 용서하니 이제 가달국으로 돌아가 다시는 반란할 마음을 먹지 마라. 알겠느냐?"

감격한 서달은 원수의 은혜에 머리를 조아렸다. 서달은 거듭 감사하며 매년 황제에게 조공*을 바치겠다는 맹세를 하고 본국으로 떠나갔다. 원수는 서달이 쓴 항복 문서를 봉하여 장안 황성의 황제에게 보냈다. 그러면서 장사랑의 난으로 헤어졌던 부모와 다시 만나게 된 사연을 써서 같이 보냈다.

반란을 평정한 원수는 회군하기로 마음먹었다. 시랑을 말에 태우고 부인에게는 가마를 준비해 타게 했다. 취양과 양운도 가마에 태워 앞세우고, 온 군사들을 이끌고 장안으로 회군했다. 군사들은 황제의 덕과 은혜를 칭송하며 태평성대의 노래를 불렀다.

그때 황제는 악대의 머리를 받은 이후로는 다른 보고가 없어 근심하고 있었다. 그런데 황성의 경비대장이 급히 들어와 아뢰었다.

"폐하, 기뻐하십시오. 대원수 홍평국이 승전했다는 장계를 올렸사옵니다."

경비대장의 말에 황제는 크게 기뻐하며 장계를 받아 들고 펼쳤다.

신臣 한림학사 겸 대원수 홍평국은 머리를 조아려 황제 폐하께 절하고 이 글을 올리옵니다. 가달국 서달의 무리를 쳐서 깨뜨렸습니다. 그리고 도망친 군졸들과 서달을 벽파도까지 쫓아가 잡아 항복을 받았나이다. 서달은 폐하의 은혜에 감복하여 다시는 반란하지 못할 것입니다. 이제 가달국으로 돌아가 매년 조공을 바치기로 하였사옵니다.

그리고 폐하께 아뢰올 것이 있사옵니다. 신이 어려서 헤어졌던 제 부모님을 이곳에서 만나게 되었습니다. 이 모든 것이 성스러운 황제 폐하의 덕택입니다. 제 아비는 장사랑의 난리 때 장사랑에게 잡혀 폐하께 죄를 얻고는 벽파도로 귀양 갔던 홍무이옵니다. 폐하! 엎드려 비오니, 폐하께서 신의 벼슬을 거두시고 제 아비의 죄를 용서하여 주옵소서. 그리하여 후세 사람들이 폐하의 은덕을 칭송하고 본받게 하옵소서. 이제 신의 작은 소원은 아비를 모시고 고향으로 돌아가 남은 삶을 살고자 하는 것뿐입니다. 폐하의 바다 같은 넓은 은혜로 신의 소원을 들어주소서.

황제가 다 읽고 나서 크게 기뻐하였다. 그러면서 부모를 만났다는 말에는 한편으로 신기해했다.

"홍평국이 북을 한 번 크게 쳐서 적병 팔십만 대군을 깨뜨리고 수천 명의 장수들을 베었구나. 그 공이 정말 크도다. 북방을 이렇게 평정하였으니 어느 누가 그와 공을 겨루겠는가. 더욱이 어려서 잃은 부모를 만났다고 하니 이런 기이함은 세상에 없는 일이로다. 이 모든 것은 하늘이 감동하셨기 때문이다. 하늘이 허락하신 것을 내 어찌 비꿀 수 있겠는가. 게다가 홍무의 예진 죄는 귀양 간 것으로 죗값을 받았다. 그러

조공朝貢 변두리 국가가 중심 국가에 때를 맞추어 예물을 바치던 일이나 그 예물

니 거기에 다시 죄를 더할 수는 없다. 또 홍평국의 공이 이렇듯 크니 어찌 그 부모의 죄를 다시 말한단 말인가. 평국이 돌아오면 그에게 승상 벼슬을 내리려고 생각하고 있었는데, 그 부모가 있다면 그들에게도 벼슬을 주어야겠다.”

이렇게 말하고는 대신들의 의견을 구하였다. 대신들도 모두 황제의 말이 옳다고 했다. 그러자 황제가 말했다.

“그렇다면 홍평국의 아비 홍무를 위국공에 봉하고, 그의 부인 양씨를 정렬부인에 봉하라.”

그러고는 벼슬을 하사했다는 문서를 귀환하고 있는 홍 원수에게 즉시 보냈다. 황제가 다시 말했다.

“짐이 어질지 못해 평국의 아비를 북쪽 궁벽한 섬으로 귀양 보내 놓고서 잊고 있었다. 그가 그곳에서 고생하다가 하늘의 도우심으로 평국을 만나게 되었다고 하니, 어찌 짐이 그를 영화롭게 하지 않겠는가.”

황제는 홍무와 그의 부인을 맞이하도록 화려한 치장을 한 삼천 명의 시녀와 시종들을 뽑아 보내고, 부인을 모시고 올 특별한 가마를 만들어 같이 딸려 보냈다. 옥문관을 나와 장안의 황성으로 향하던 원수의 개선군이 중도에서 황제가 보낸 사신을 만났다. 사신이 원수에게 말했다.

“황제 폐하께서 원수의 아버지 홍무에게 위국공을 제수하시고, 어머니 양씨에게 정렬부인을 제수하셨소.”

사신은 황제가 내린 임명 문서를 원수에게 건넸다. 그 뒤로 삼천 시녀와 시종들이 좌우로 길을 만들 듯이 나뉘어 섰다. 황제의 은혜에 감격한 원수는 장안 황성을 향해 절하며 황제의 은혜에 감사했다. 사신이 또 황제가 내린 편지를 원수에게 건넸다. 원수가 공손히 받아 들고 펼

쳐 읽었다.

경이 북방으로 진군하매 도적들을 완전히 평정하고 종묘사직을 보존하게 했으니, 그 공이 결코 작지 않다. 또 잃었던 부모를 만났다고 하니 이는 천하에 다시없는 일이다.
　짐이 어질지 못해 경의 부친을 귀양 보내고서 잊고 있었으니, 오히려 짐이 경을 볼 면목이 없도다. 그러니 경은 벼슬을 사임하고 고향으로 가겠다는 말을 그만하고, 바삐 황성으로 올라오라. 그래서 짐을 더 이상 기다리지 않게 하라.

　이제 위국공이 된 홍 시랑과 원수가 황제의 은혜에 감사하며 황성을 향해 절을 올렸다. 모친은 정렬부인이 되어 황제가 특별히 하사한 가마에 올랐다. 주위로 삼천 궁녀와 시종들이 옹위하며 좌우로 길을 만들어 따랐다. 황궁 악사들이 온갖 음악을 연주하는 가운데 양운과 취양도 화려한 가마를 타고 뒤따랐다. 원수는 아버지 위국공을 모시고 장수와 군사들을 거느리고 선봉이 되어 승전고를 울리며 행군했다. 지나는 고을마다 사람들이 나와서 보며 칭송하는 소리가 끊이지 않았다.
　원수가 장안에 도착했다. 여러 대신들을 거느린 황제가 원수를 맞으려고 황성에서 나와 장안 대로 입구에 행차해 있었다. 원수와 위국공이 행군을 멈추게 하고 말에서 내려 땅에 엎디었다. 황제가 앞으로 나아가 친히 원수의 손을 잡아 일으키며 말했다.
　"멀고 먼 북방 전쟁터에서 적병을 한칼에 무찌르고 걱정과 근심에 빠져 고통받는 백성들을 건져 내니 만고*의 충신이로다."

그러고는 또 옆에 엎디어 있는 위국공의 손을 잡아 일으키며 말했다.

"짐이 어질지 못해 경을 멀리 두고 찾지 못했소. 이는 모두 짐의 잘못이오."

황제가 친히 잔을 들어 원수와 위국공에게 권했다. 잔을 받아 든 원수와 위국공이 황제에게 절하며 황제의 만수무강을 빌었다. 주위에 있던 대신과 장수, 군졸들이 모두 만세를 불렀다. 그 소리에 천지가 떠나갈 듯했다.

황제는 직접 군대를 지휘하고 싶었다. 그래서 스스로 중군이 되어서는 원수를 선봉으로 삼고 보국을 후군으로 삼아 천천히 장안 대로를 지나갔다. 모든 대신들과 장안의 남녀노소들이 환호하며 즐거워했다.

황제가 황성에 들어와 외전˙에 높이 앉았다. 그리고 그동안의 공을 헤아려 상을 내렸다. 원수 홍평국을 우승상에 봉하고 중군장 여보국을 대사마 대장군 이부시랑에 봉했다. 그 아래의 다른 장수들에게도 각기 그들의 공에 맞게 벼슬을 차례로 올려 주었다. 그리고 크게 잔치를 열어 모든 군사들에게 즐기라 했다. 군사들이 만세를 부르고 장수들이 모두 원수의 공을 칭송하며 감사했다.

황제가 우승상 홍평국에게 물었다.

"경이 어려서 부모를 잃었다고 했는데, 그렇다면 누구 집에서 자랐는가? 부모는 어떻게 잃게 되었는가?"

우승상이 자세히 황제에게 말했다. 다 들은 황제가 감탄했다.

만고萬古 '아주 오랜 세월 동안'을 뜻한다.
외전外殿 임금이 거처하는 전각(殿閣)으로, 안에 있는 내전(內殿)과 대신들을 주로 만나는 외전이 있다.

"정말 이런 일은 예전에도 없었고 앞으로도 없을 것이다."

황제가 다시 말했다.

"경이 물에 빠져 죽게 될 것을 여공이 구해 내 살렸다니, 오늘날 경이 짐을 도와 이렇게 태평성대가 된 것은 결국 여공의 공이라고도 할 수 있겠구나."

말을 마친 황제는 무릉포에 있는 여공에게 이부상서 벼슬을 내리고 그의 처 황씨를 공렬부인으로 봉했다. 그러고는 황성으로 급히 올라오라는 소식을 보냈다.

황제가 보낸 사신이 무릉포의 여공에게 도착했다. 황제가 벼슬을 내렸음을 알게 된 여공 부부는 황제가 있는 쪽을 향해 네 번 절했다. 그리고 집안을 정리하여 즉시 황성으로 떠났다.

며칠 후, 여공과 부인이 서울 장안에 올라왔다. 곧장 황성으로 들어간 그들은 외전에서 황제를 만나 그 앞에 절하고 은혜에 감사했다. 황제가 말했다.

"경이 평국을 길러 내어 국가 사직을 보존하게 했으니 그 공이 적지 않도다."

황제는 매우 흐뭇해했다. 이부상서 여공과 공렬부인 황씨가 하직하고 물러 나오는데, 위국공이 여공 부부를 맞이해 자신의 집으로 인도했다. 방에 들어가 앉자 위국공이 감사의 인사를 했다.

"공의 넓으신 덕으로 평국을 친자식처럼 사랑하시고 길러 주시니 고맙소이다. 뿔뿔이 흩어졌던 가족이 이렇게 만나게 된 것은 결국 모두 공의 은혜입니다. 더 뭐라 드릴 말씀이 없습니다."

위국공의 말에 여공 부부가 오히려 감사하며 제대로 대답도 못했다.

이때 평국과 보국이 들어와 여공 부부 앞에 꿇어 엎드려 절하며, 먼 길을 평안히 온 것을 기뻐했다.

이날 잔치를 벌였다. 위국공과 정렬부인, 그리고 이부상서와 공렬부인이 주인이 되어 중앙에 앉고 그다음으로 양운과 취양이 앉았다. 평국과 보국이 모든 어른들을 모시고 사흘 동안 잔치를 크게 했다. 모두 마음이 흡족하고 기뻤다.

평국의 부모와 보국의 부모가 함께 큰 잔치를 벌였다는 소식을 들은 황제가 여러 대신들을 돌아보고 말했다.

"아마도 평국과 보국이 천상에서 인연이 있는 듯하오."

흐뭇하게 웃고는 말을 이었다.

"지금 생각하니 아무래도 이들을 위해 궁궐을 지어 줘야 할 것 같소."

그리하여 종남산 밑에 터를 닦고 큰 별궁(別宮)을 짓게 했다. 천여 칸을 짓는데 황제가 나서서 직접 지시하니 일을 맡은 이들 모두가 힘을 합해 열심히 지었다.

얼마 걸리지 않아 별궁이 다 지어졌다. 그 웅장함은 이루 말할 수 없었다. 황제는 노비 천 명과 궁궐을 지킬 군사 천 명을 내리고, 또 금은보화와 비단 수백 필을 내렸다. 평국과 보국은 황제의 은혜에 크게 감사하며, 각기 별궁의 동쪽과 서쪽으로 처소를 나누어 지냈다.

탄로 난 정체

이 무렵 우승상 홍평국은 북방 원정에서 돌아온 후부터 점점 몸이 무거워지더니 자주 피곤해했다. 그러더니 결국 병이 들었다. 시름시름 앓으며 낫지 않고 점점 위중해졌다. 위국공과 정렬부인이 놀라 백방˙으로 약을 구해 썼지만 조금도 차도˙가 없었다.

소식을 들은 황제가 크게 놀랐다. 황제는 즉시 황제의 건강을 돌보는 어의˙를 보내 평국의 병을 살피라 하였다.

"어떻게 하든지 꼭 살려야 한다. 알았느냐?"

어의는 명을 받들고 급히 홍평국의 침소에 가서 그의 손을 잡고 진맥했다. 평국은 정신이 혼미하여 사리분별을 못할 정도로 몸이 약해져 있었다. 한참을 진맥하던 어의가 병에 쓸 약을 처방해서 위국공에게 건네고 황궁으로 돌아왔다. 돌아온 어의가 황제에게 다녀온 사연을 보고했다.

"우승상 홍평국의 병세를 보니 큰병이긴 하나 다행히 죽지는 않을 듯합니다. 속히 쾌차할 약을 썼습니다. 다만 한 가지 괴이한 일이 있어 마음에 걸립니다."

"무슨 일인가? 자세히 말하라."

어의가 바닥에 엎드려 머리를 조아리며 말했다.

"평국의 맥을 짚어 보니 기이하게도 남자의 맥이 아니라 여자의 맥이옵니다. 그것이 정말 괴상합니다."

"무슨 소리냐? 평국이 여자라면 어떻게 병사를 쓰고 군대를 운용하는 것이 관운장보다 더 뛰어날 수 있으며, 전쟁터에 나가 적병 팔십만을 단칼에 깨뜨릴 수 있었겠느냐? 평국의 호통에 적장의 간담이 서늘해졌고 그가 휘두르는 칼에 천하가 평정되었는데, 그 무슨 말이냐?"

황제의 호통에 어의는 머리를 더욱 깊이 조아리기만 했다. 한참을 생각하던 황제가 말했다.

"하긴 평국의 얼굴이 복숭아꽃처럼 화사하고 몸집이 작고 연약해 보이는 것이 조금 미심쩍기는 하다만……. 일단 이 말을 아무에게도 하지 마라. 알겠느냐?"

어의가 대답하고 나갔다. 황제는 이런저런 의심을 했지만, 우선 평국의 병이 낫기를 기다렸다.

한편 평국은 어의가 처방해 준 약을 먹고 차츰 병세가 좋아졌다. 며칠이 되지 않아 정신이 돌아왔다. 조금 더 지나자 병이 말끔히 다 나았다. 생각이 맑아진 평국이 부모에게 물었다.

"무슨 약을 쓰셨습니까? 정신까지 다 상쾌해졌습니다."

백방百方 여러 가지 방법. 온갖 수단과 방도
차도差度 병이 조금씩 나아가는 정도
어의御醫 궁궐 내에서 임금이나 왕족의 병을 치료하던 의원

모친이 대답했다.

"황제께서 어의를 보내셨다. 어의가 너를 진맥하더니 약을 써 주더구나. 그 약이 효험을 봤다."

이 말에 평국은 소스라치게 놀랐다.

"아아, 어머니, 이를 어쩌지요? 어의가 진맥을 했다면 분명 제가 여자인 줄 알았을 겁니다. 그것을 황제께 보고했을 텐데……."

평국이 한참을 생각하다 말했다.

"어쩔 수 없네요. 남자 옷을 벗고 원래대로 여자 옷으로 갈아입어야 할 것 같아요. 평국을 버리고 계월이 되는 수밖에 없네요. 깊고 깊은 규방, 여인들의 처소에 몸을 숨기고 한평생 살 수밖에요……. 이제 그냥 아버님 어머님을 모시고 만수무강하시기를 기원하는 것밖에는 제가 할 일이 없군요."

평국은 즉시 남자 옷을 벗고 여자 옷을 가져오라 했다. 그러고는 여자 옷을 입고 계월이 되었다. 새롭게 치장하고 앉은 모습은 그 옛날 아름답던 비련의 왕소군* 같았다. 이윽고 그녀의 두 뺨 위로 눈물이 흘러내렸다. 그런 모습을 본 부모 또한 눈물을 흘리며 그녀를 위로했다. 남자였다가 갑자기 여자로 탈바꿈한 것을 보고 놀란 궁중 시녀들이 이내 사정을 알게 되었다. 그러자 그녀들도 모두 따라 울며 슬퍼했다. 계월이 마음을 추스르고 말했다.

"이제 황제께 상소上疏하여 남자라고 속인 죄를 고백하고 죗값을 치러야 할 것 같아요."

그러고는 황제가 벼슬을 내리며 준 임명장과 신표*를 한쪽에 꺼내 놓았다. 그녀는 곧바로 먹을 갈아 가늘고 긴 하얀 손으로 붓을 잡고는 상소문을 지었다.

    한림학사 겸 대원수 우승상 홍평국은 머리를 조아려 황제께 절하고 이 글을 바칩니다. 신臣은 예전 장사랑의 난을 당해 부모님을 잃고 도적들에게 모진 환란을 입어 강물에 던져졌습니다. 물에 빠져 물고기들이 다 뜯어 먹게 될 것을 여공의 넓은 은혜를 입어 살아나게 되었습니다.

    신이 처음 피란을 떠날 때 남자의 옷을 입기도 했고 그때 신의 나이가 어렸기에 저를 구해 준 여공은 신을 남자아이로 생각했습니다. 어린 마음에 그때 여자의 모습으로 여자의 도리에 맞게 산다면, 깊은 규방 안에 갇혀 살다가 늙어 죽을 것이라고 생각했습니다. 그러면 부모님을 만나 뵙기는커녕 부모님의 시신도 찾지 못하게 될 것이 분명했습니다. 그렇게 큰 한을 품고 죽으면 저승에 가지도 못하고 귀신이 되어 이 세상을 떠돌아다닐 것만 같았습니다.

    그래서 여자의 행실을 버리고 남자가 되기로 했습니다. 그때부터 계속 남자 옷을 입고 남자처럼 여공을 속였습니다. 거기서 그치지 않고 과거에 응시하여 감히 벼슬까지 하게 되었습니다. 이런 신의 행위는 아래로는 구해 주고 길러 주신 은인 여공을 업신여긴 것일

왕소군王昭君 중국 전한 원제(元帝)의 후궁으로, 이름은 장(嬙)이고 소군은 자이다. 빼어나게 아름다운 미모를 지니고 있었는데, 기원전 33년 흉노와의 화친 정책으로 흉노의 호한야선우(呼韓邪單于)에게 억지로 시집보내졌다. 하지만 결국 자살하고 말았다. 자신의 뜻과 달리 억지로 흉노의 왕인 선우의 아내가 된 왕소군처럼 계월도 원치 않지만 억지로 여자로서 행동해야 하는 슬픔을 드러낸 것이다.
신표信標 뒷날에 보고 증거가 되게 하기 위하여 서로 주고받는 물건

뿐만 아니라, 위로는 황제 폐하를 속이고 조정을 더럽힌 것입니다.

이런 신의 죄는 백만 번 죽어도 씻기지 않을 죄입니다. 폐하께서 어떤 벌을 내리셔도 신은 달게 받을 것입니다. 이제 신이 받았던 벼슬을 거두시고, 속히 신을 처벌하셔서 폐하를 속이고 나라를 어지럽힌 죄를 물으소서.

황제가 계월의 상소를 보고는 용상*을 손으로 내리쳤다. 그러고는 주위에 늘어선 신하들을 돌아보며 말했다.

"도대체 누가 평국을 여자로 알았단 말이냐? 대체 이런 여자는 천하에 없을 것이다. 아무리 천하가 넓다고 하나 문무*를 겸비하고 장군과 정승의 재주를 두루 갖춘 인재는 남자들에게서 찾아도 없을 텐데, 여자인 평국이 이 모든 것을 다 가지고 있다니 진실로 대단하다. 그러니 평국이 비록 여자라고 하나 벼슬하는 것이 잘못이라 할 수는 없다. 벼슬을 거두어 달라는 그의 말은 온당치 않다. 비록 평국이 여자의 몸이지만 전쟁터에 나가 나라를 구한 것은 사실이다. 이렇게 나라를 구한 것을 두고 죄라고 한다면 도대체 무엇을 두고 공이라 하겠는가."

그러고는 옆에서 보좌하는 환관*에게 명했다.

"홍평국에게 가서 짐의 말을 전하라. 또한 그가 사직한 벼슬의 임명장과 신표를 돌려주어라."

용상龍床 　임금이 정무를 볼 때 앉던 평상
문무文武 　문장과 무예의 재주를 아울러 이르는 말
환관宦官 　거세된 남자로 궁중에서 일하는 내관(內官)

환관이 황제의 명대로 조서를 받아 들고 계월의 별궁으로 갔다. 환관은 계월에게 황제의 명을 말하고는 황제가 내린 조서를 주었다. 계월이 조서를 펴 보았다.

짐이 경의 상소를 보니 한편으로 놀랍기도 하고 한편으로 슬프기도 하도다. 하지만 나라를 섬기는 것에 어찌 남녀가 따로 있단 말인가. 경이 가슴속에 천지조화˙의 비책을 숨기고 충성을 다해 짐을 도와 반란을 일으킨 적들을 깨뜨리고 북방을 평정하였다. 이렇게 종묘사직을 보존하게 된 것은 모두 경의 충성 때문이다. 그러니 짐이 어찌 경이 여자라는 것을 꺼려 죄를 주겠는가? 그대의 벼슬을 그대로 유지하는 것이 옳도다. 짐이 임명장과 신표를 다시 보내나니 이후 조금도 염려하거나 꺼리지 말고 나라를 섬기며 짐을 도우라.

계월이 황제의 간곡한 말에 다시 사임하겠다는 상소를 하지는 못했다. 하지만 여자의 옷을 입고 별궁 깊은 곳에 처소를 마련하여 그곳에만 머물렀다. 그가 부리던 장수 백여 명과 병사 천여 명은 여자로서 남자 노릇을 했다는 것을 다 알고도 떠나지 않았다. 그대로 계월의 궁궐 밖에 머물며 계월을 호위하는 것처럼 궁궐을 지켰다. 그들의 당당함과 씩씩함이 매섭고 날카로워 종남산 아래 계월의 별궁 옆을 지나는 사람들은 모두 그 엄숙함에 머리를 숙였다.

천지조화天地造化 하늘과 땅이 일으키는 여러 가지 신비스러운 조화

황제의 중매

하루는 황제가 위국공을 황궁으로 들어오라 했다. 들어온 위국공에게 황제가 말했다.

"짐이 계월의 상소문을 본 후 생각을 많이 했다. 경도 다른 자식이 없고 오직 계월 하나이지 않은가? 그런데 계월이 저렇게 규방 깊이 숨어 나오지 않고, 홀로 늙어 죽으려 하는구나. 만약 그러면 경의 혼백도 의지할 곳이 없게 되지 않겠는가.* 이런 생각을 하니 자꾸 슬픔이 밀려오는구나."

이러고는 잠시 말을 못하다가 조금 뒤 말을 이었다.

"비록 계월이 여자이나 충과 효를 아울러 갖췄으니 여자 중의 군자라 할 것이다. 분명 세상의 모든 사람들이 본받을 만한 자식이니 이대로

만약~않겠는가 혼백이 의지할 곳이 없다는 것은 죽은 후 그 혼백을 위해 제사 드릴 후손이 없다는 말이다. 제사를 주도하고 드릴 수 있는 아들을 낳아 대를 이어야 그 자손이 선조의 제사를 이어서 드리게 되는 것이다. 여기서 황제의 말은 계월이 결혼해서 자식을 낳아야 한다는 것을 의미한다.

집 안에서 늙어 죽게 해서는 안 될 것 같다. 그래서 혼인을 시키는 것이 어떤가 한다. 계월의 혼사는 짐이 나서서 중매를 할 테니 아버지인 경의 뜻은 어떠한가?"

황제의 말에 위국공이 땅에 엎디어 머리를 조아렸다.

"폐하의 말씀이 신의 생각과 꼭 같습니다. 계월의 뜻이 어떠한지 모르오나, 폐하께서 직접 혼사를 주장하시고 신 부부 또한 뒤에서 혼사를 권하면 분명 이루어지리라 생각합니다."

황제가 흡족한 미소를 지었다. 위국공이 물었다.

"그런데 폐하, 계월과 짝이 될 신랑감으로 누구를 생각하고 계십니까?"

"계월과 같이 공부하고 전쟁터에서 나란히 말을 달렸던 보국이 아니면 계월의 배필이 될 수 없을 것 같다. 경의 생각은 어떠한가?"

위국공이 다시 머리를 조아렸다.

"폐하의 지시하심이 마땅합니다. 죽을 목숨을 여공이 구해 주었고, 또 친자식처럼 길러 주었으니 모두 그 집안의 은혜입니다. 더욱이 이렇게 부모를 영화롭게 만나게 된 것도 여공이 아니었으면 있을 수 없었던 일입니다. 보국과는 같이 공부를 했을 뿐만 아니라 같이 급제도 했고, 멀리 전쟁터까지 나가 살고 죽는 고비를 같이한 사이입니다. 진정 하늘이 정한 인연이라 하겠습니다. 동쪽 서쪽으로 갈리기는 했으나, 같은 궁궐에 살게 하신 것도 폐하의 선견지명*이신 듯합니다."

황제가 기뻐하였다. 위국공은 물러 나와 별궁으로 돌아왔다. 그리고 자신의 처소에 앉아 계월을 불렀다. 들어온 계월을 앞에 앉히고 황제의 말씀과 지시를 전했다. 그러자 계월이 다시 단정하게 옷매무시를 고치고 바르게 앉으며 말했다.

"소녀가 평생 홀로 늙다가 죽은 후 다시 남자로 태어나서, 공자 맹자의 행실을 배우고 익혀 벼슬을 할까 했습니다. 그런데 이렇게 여자라는 것이 탄로 나고 황제께서 이렇듯 결혼하라 지시하시니 어쩌겠습니까. 또 아버님 어머님께 저 말고 다른 자식이 없으니, 이대로 제가 늙어 죽는다면 누가 조상님들께 제사를 올리겠습니까? 자식의 도리로 아버님의 명령을 거역하는 것이나 신하의 도리로 임금의 명령을 거역하는 것이나, 모두 잘못입니다. 아버님 말씀대로 여보국을 평생 섬겨 저를 구해 주신 여공의 은혜를 만분의 일이나마 갚겠습니다. 이런 사연을 폐하께 말씀해 주십시오."

계월이 말을 마치자마자 옥 같은 얼굴에 진주 같은 눈물이 흘러내렸다. 옆에 있던 시녀들도 모두 마음 아파하며 고개를 돌렸다.

위국공이 다시 황궁으로 들어가 황제 앞에 엎드려 계월이 하던 말을 고했다. 결혼하기로 했다는 말을 들은 황제가 기뻐했다.

"즉시 여공을 불러라."

황제의 명령에 여공이 급히 황궁으로 들어왔다. 엎드려 있는 위국공 옆에 나란히 엎드려 황제께 절했다. 황제가 여공에게 말했다.

"여기 있는 위국공의 딸 홍계월을 그대 아들 여보국과 결혼하게 하려는데, 경의 생각은 어떠한가?"

여공이 머리를 조아리며 말했다.

선견지명先見之明 어떤 일이 일어나기 전에 미리 앞을 내다보고 아는 지혜

"폐하의 넓으신 덕으로 어진 며느리를 얻게 되었사오니 감사 또 감사하옵니다."

황궁에서 별궁 처소로 돌아온 여공이 처 공렬부인과 아들 보국을 불렀다. 자리에 앉아 황제의 지시를 말하며 기뻐했다. 보국은 한편으로는 좋아했고 한편으로는 놀라워했다.

황제는 별을 보고 좋은 날짜를 정하는 태사관을 불렀다. 그에게 결혼하기 좋은 날을 택해 고하라고 명했다. 잠시 후 태사관이 황제에게 말했다.

"올해 3월 3일이 좋겠습니다."

황제가 이렇게 정한 날짜를 적은 봉투와 온갖 결혼 예물들을 준비하여 위국공의 궁궐로 보냈다. 위국공 부부가 택일한 날짜와 보국의 사주를 가지고 계월의 방으로 갔다. 계월이 3월 3일이란 혼인 날짜를 보고 아버지 위국공에게 부탁했다.

"보국은 본래 소녀가 전쟁터에서 수하에 두고 부리던 장수입니다. 그때는 소녀가 어떻게 그 사람의 아내가 될 줄 알았겠습니까? 이제 이렇게 그의 아내가 되고 나면 다시는 예전처럼 아래에 두고 부리지는 못할 테니 그것이 서글픕니다. 그러니 마지막으로 군대의 예의를 차려 보고 싶습니다. 이런 사연을 황제께 전해 주세요."

위국공이 계월의 말을 듣고 박수를 치며 웃었다. 그러고는 즉시 황궁으로 들어가 황제를 뵙고 계월이 한 말을 여쭈었다. 황제가 손으로 용상을 치며 감탄했다.

"계월의 말을 들으니 과연 여자 중의 군자요, 뭇사람 중의 호걸이라 할 만하구나."

이렇게 말하고는 즉시 황궁의 군사와 군마를 뽑아 장수 백여 명과 함께 계월에게 보냈다.

황제가 보낸 군사들이 깃발을 나부끼며 창과 검을 들고 늠름하게 계월의 궁궐에 도착했다. 그 소식을 듣자, 계월이 여자 옷을 벗어 버리고 예전처럼 남자 옷을 입었다. 그리고 전쟁터에서 입던 백운갑을 입고 황금 투구를 쓰고 허리에 활과 화살을 찼다. 마지막으로 이전에 하사받은 대원수 수기를 손에 들고 처소 밖으로 나섰다.

계월은 군사들을 점호*하고 진영을 나누어 서게 했다. 그리고 군사들을 이끌고 보국이 살고 있는 궁궐 서쪽으로 향했다. 그 앞에 다다라 진을 치고 장군대를 만들어 원수의 자리에 앉았다. 그렇게 높이 앉아 군사들을 부리니, 군사들이 각기 동서남북 방위를 잡고 삼엄하게 서서는 계월을 호위했다. 드디어 계월이 군중 전령에게 중군장 여보국을 불러내라 명했다.

자신의 처소에서 편안히 누워 있던 보국은 갑작스럽게 들이닥친 군대 전령을 보고 놀랐다. 전령이 원수인 계월의 명령을 전하자, 보국은 분해서 어쩔 줄 몰라 했다. 하지만 예전 전쟁터에서 계월의 서릿발처럼 매서운 위엄을 본 터라 원수의 명령을 거스를 수는 없었다. 보국은 주저하며 갑옷을 내오라고 하여 입었다.

그때였다. 밖에 진영을 펼쳐 놓고 기다리던 계월이 좌우로 늘어선 장수들을 돌아보며 말했다.

점호點呼 한 사람씩 이름을 불러 인원이 맞는지 알아보는 것

"중군장 여보국이 어찌 이렇듯 거만하단 말인가. 바삐 나타나지 못한단 말이냐?"

서릿발처럼 차가운 말에 놀란 병사들이 급히 뛰어 들어가 원수의 명령을 보국에게 전했다. 보국이 다시 들어온 전령의 말에 크게 놀랐다. 황급히 갑옷을 입고 나섰다. 진영 앞에 다다랐을 때였다. 다시 벼락같은 소리가 들렸다.

"중군장 여보국을 빨리 끌어내라."

보국이 크게 놀라 황급히 몸을 굽히고 원수의 막사로 들어가 장군대 아래로 걸어가려 했다. 그러자 좌우로 늘어선 장수들이 큰소리로 꾸짖었다.

"무엄하도다. 원수 앞에서 큰 걸음을 걷다니 무슨 짓이냐. 종종걸음으로 걸어라."

장수들의 호통이 귀에 벼락 치듯 울리자, 보국의 등에 땀이 흘렀다. 고개를 숙이고 종종걸음으로 장군대 앞으로 걸어가 그 앞에 엎드렸다. 대원수 계월이 호통을 쳤다.

"명령을 들었으면 즉시 대령할 것이지, 중군장이라는 자가 명령이 무거운 줄을 모르고 어찌 이렇게 거만하게 행동하는가? 군법으로 너를 벌하겠다. 여봐라, 이자를 당장 끌어내 곤장을 쳐라."

호위 무사들이 계월의 명에 한꺼번에 달려들었다. 그러고는 보국을 잡아서 끌어내려 했다. 당황한 보국이 투구를 벗고 황급하게 말했다.

"원수는 용서하소서. 소장이 몸에 병이 있어 날마다 시름시름 아팠사옵니다. 오늘 약을 먹은 후에 정신이 혼미하여 몸을 제대로 가누지 못하고 있었는데, 뜻밖에 원수께서 행차하셨습니다. 그래서 원수께서 명령하셨음을 알았지만 재빨리 움직이지 못하였사옵니다. 태만한 죄를 생각하면 백번 죽어도 마땅하지만, 병든 몸에 곤장을 맞으면 목숨을 보존하지 못할 겁니다. 제가 죄를 지었으니 마땅히 죽음으로 벌을 받아야겠지만, 백발이 성성하신 늙은 부모님들은 다만 저 하나만 보고 계신데 제가 죽으면 이를 어쩌겠습니까. 원수께서 큰 은혜를 베푸시어 소장의 죄를 용서하여 주옵소서."

이렇게 거듭 애걸했다. 그 간절함에 온 얼굴에 땀이 흐를 지경이었다. 하지만 원수 계월은 조금도 변함없는 목소리로 꾸짖었다.

"네가 병이 들었다고 거짓말을 하며 상관인 나를 속이려느냐? 그것이 더욱 큰 죄로구나. 네가 병이 들었다면 네 애첩 영춘이를 데리고 춘향각에서 풍류를 즐기며 논다는 말은 대체 무슨 말이냐? 내가 들은 그 말이 거짓말이란 것이냐?"

보국이 깜짝 놀라 고개를 숙이고 벌벌 떨었다. 그러면서 거듭 용서를 빌었다. 원수는 내심 우스웠으나 말소리는 변함없었다.

"내 너의 목을 당장 베어 다른 장수들의 본보기로 삼고 싶으나, 네 부모님과의 연분을 생각하니 그럴 수 없구나. 나 역시 그분들과의 연분이 중하니 그 얼굴을 보아 이번만은 용서하겠다. 하지만 이후로 다시 이렇게 태만할 경우 네 목이 열이라도 부족할 것이다. 알겠느냐?"

원수 계월의 말에 보국이 머리를 조아리며 감사했다.

날이 차츰 저물어 해가 서쪽으로 떨어졌다. 용서받은 보국이 제 처소로 돌아가고, 원수도 역시 장수들을 거느리고 돌아왔다. 자신의 궁궐로 돌아온 보국은 계월에게 욕을 본 일을 아버지 여공에게 아뢰었다. 여공이 그 말을 듣고는 보국을 편드는 것이 아니라 오히려 크게 웃으며 계월을 칭찬했다.

"내 며느리는 천고*에 다시없을 영웅이로구나."

껄껄거리며 웃는 여공의 모습에 보국의 심정은 더 착잡했다. 보국의 그런 모습을 보고 여공이 말했다.

"계월이 너를 욕보인 것에 너무 신경 쓰지 마라. 너는 원래 계월의 수하 장수인 중군장이 아니었느냐? 계월이 황제의 명령으로 너의 배필이 되자, 이후로 다시 너를 부리지 못할까 봐 오늘 그렇게 희롱한 것이 분명하다. 그러니 조금이라도 이번 일을 탓해서는 안 된다."

여공이 이렇게 말해도 보국은 좀처럼 마음이 풀리지 않았다. 하지만 계월이 보국을 골렸다는 말을 들은 황제도 역시 계월을 칭찬하며 잘했다고 했다. 오히려 흡족하게 여기며 다시 온갖 재물을 내렸다.

천고千古 '아주 오랜 세월 동안'을 말한다.

독수공방

3월 3일, 드디어 결혼하는 날이 되었다.

저녁이 되자, 계월은 화장을 하고 울긋불긋한 비단옷을 입었다. 진주를 비롯한 온갖 보화로 단장을 하고 나서니 달나라 선녀 항아姮娥가 인간 세상에 내려온 듯싶었다. 그 좌우로 삼천 명의 시녀들이 따라 나오는데, 모두 촛불을 들고 나란히 걸어 나왔다. 마치 달 밝은 밤에 항아가 다른 선녀들에게 둘러싸여 걸어 나오는 것 같았다.

궁궐 밖 초례청˙에는 계월이 부리던 수많은 장수들이 갑옷을 갖추어 입고 나와 있었다. 손에 칼을 들고 좌우로 늘어서서 계월과 시녀들의 뒤를 호위하며 따르고, 다시 그 뒤로 병사들이 창을 높이 쳐들고 진을 치듯 둘러섰다. 그 모습이 끝없이 길게 펼쳐진 것이 웅장했다.

여보국도 위엄스러운 옷을 갖춰 입고 나와 초례정에 들어섰다.

초례청醮禮廳 전통 혼례식인 초례를 치르는 장소

계월과 보국이 하늘과 땅에 절하고 태을선군˙과 옥황상제 앞에 신령스러운 복숭아를 바쳤다. 그리고 잔에 술을 따라 세 번 번갈아 마셨다.

예식을 마치고, 둘은 별궁 안에 새로 꾸민 침실로 들어갔다. 따라 들어온 시녀가 촛불을 밝혀 놓고 나갔다. 서로를 촛불 아래에서 바라보니 정이 새록새록 피어올랐다. 보국의 얼굴에 부드러운 미소가 퍼졌다. 그가 한참 계월을 바라보더니 말했다.

"그대가 예전에 높은 대원수의 지위에 있으면서 나를 죄로 얽어매어 골탕 먹이더니, 오늘 이런 날이 올 줄 알았소?"

신부 계월이 머리를 살짝 숙이고 대답하지 않았다. 보국이 촛불을 끄고 계월의 손을 잡아 잠자리로 이끌었다. 그렇게 동침하니, 원앙새가 서로를 사랑하듯 그 정이 끝이 없었다.

다음 날 아침이 되었다. 두 사람

이 여공 부부의 처소에 나가 인사를 올렸다. 정렬부인은 계월의 손을 잡고 거듭 칭찬했으며, 여공은 보국의 손을 잡고 기뻐 어쩔 줄 몰랐다. 넷 모두 화기애애하고 기쁨이 넘쳤다. 여공이 말했다.

"세상일은 정말 알 수 없구나. 나는 네가 여자인 줄도 몰랐지만, 이렇게 며느리가 될 줄은 더욱 몰랐다."

그러자 계월이 일어나 절하고 말했다.

"죽을 저의 목숨을 아버님께서 구해 주셨으니 그 은혜와 덕을 어찌 잊을 수 있겠습니까? 감히 그동안 남자로 행세하며 속인 것이 죄스러울 따름입니다. 이렇게 황제 폐하께서 아버님을 섬길 수 있도록 결연•하게 하셨으니 다행입니다. 꼭 제 소원을 이룬 듯합니다."

여공이 고개를 끄덕이고는 보국을 향해 말했다.

"내 며느리는 존귀한 몸으로 황제 폐하의 명을 받아 네 배필이 된 것이다. 그러니 함부로 대해서는 안 된다. 매사에 신중을 기해 부인을 대해라. 혹시 잘못이 있을지라도 탓해서는 절대 안 되느니라. 알겠느냐?"

보국이 아버지 여공의 말에 고개 숙여 대답했다. 한참을 즐겁게 이야기를 나누었다. 보국은 여공에게 더 드릴 말씀이 있었기에 계월만 여공의 처소를 나와 신혼 거처를 마련한 곳으로 갔다. 그렇게 계월이 뚜껑 없는 가마를 타고 천천히 별궁의 처소로 돌아가고 있었다.

중문에 들어갈 때였다. 보국이 평소 사랑하던 첩 영춘이 중문 안쪽에

태을선군太乙仙君 신령(神靈)한 별을 맡은 신선으로, 병란(兵亂), 재화(災禍), 생사(生死)를 맡아 다스린다고 한다.
결연結緣 인연을 맺는다는 뜻이다.

있었다. 영춘은 정자 난간에 걸터앉아 시시덕거리고 있었다. 계월의 행차를 보고도 일어서지도, 난간에서 내려오지도 않았다. 계월이 크게 노했다.

"가마를 멈춰라."

갑작스러운 계월의 명령에 가마꾼들이 흠칫거렸다. 가마가 멈추자, 계월이 뒤따르던 수하 장수와 무사들에게 명령했다.

"저년을 잡아 내려라."

추상같은 명령에 무사들이 신속하게 움직였다. 그들은 정자에서 영춘을 끌어내 계월의 가마 앞에 꿇렸다. 계월이 꾸짖었다.

"네 이년! 보국이 너를 사랑한다고 이렇게 교만하게 구는 것이냐? 정자 위에 높이 앉아서 본부인의 행차를 아래로 굽어보며 시시덕거리다니, 그게 옳은 행실이냐? 네년이 보국의 사랑만 믿고 나를 업신여기는구나. 너같이 요망한 년은 이 집안을 위해 살려 둘 수 없다. 내 네 목을 베어 집안의 법을 바르게 세우리라."

그러고는 서릿발같이 고함쳤다.

"이년을 당장 끌어내어 목을 쳐라!"

무사들이 즉시 달려들어 영춘을 잡아끌고 문밖으로 나갔다. 주위에서 구경하던 보국의 궁궐 시녀들이 모두 사색이 되어 떨었다.

한 시녀가 아버지 여공과 환담하고 있던 보국에게 뛰어가 사정을 알렸다. 계월이 영춘의 목을 베었다는 소식에 한편으로 놀라기도 했지만 한편으론 괘씸하여 분노가 치솟았다. 보국이 여공에게 말했다.

"홍씨가 전날 대원수로 있을 때는 소자가 중군장이므로 그녀의 부림을 받았습니다. 하지만 지금은 제 처가 되었으니 집안의 가장인 저의 명을 들어야 마땅합니다. 그런데 어찌 저에게 한마디 말도 없이 마음대로 제 첩 영춘을 죽인단 말입니까? 아버님, 원통해서 죽을 지경입니다."

정황을 파악한 여공이 보국에게 말했다.

"홍씨가 비록 네 아내가 되었지만, 황제께서 벼슬을 거두지 않으셨으니 여전히 벼슬에 있는 상태이다. 그 벼슬이 너보다 높다. 그러니 너를 부릴 수도 있는 위치이다. 하지만 홍씨가 너를 예로써 섬기니 그녀의 마음 씀씀이를 어찌 잘못이라 하겠느냐? 또 영춘이란 네 첩이 거만하게 행동한 것은 분명 죽어 마땅한 일이다. 한 집안의 안주인이 되어서 집안을 다스리는 것은 온당한 일이다. 남편의 첩은 물론 노비와 시녀들을 부리는 것은 본래 안주인이 하는 일로 바깥사람인 네가 간여할 수 있는 일이 아니다. 그러니 홍씨가 네 궁의 노비와 시녀들을 모두 죽인다고 해서 잘못이라 할 사람은 아무도 없다. 너는 조금이라도 홍씨를 원망할 생각 마라. 영춘을 죽인 것을 마음속에 계속 두면 부부간에 의가 상할 것이요, 그러면 황제께서 너희 둘을 맺어 주신 뜻을 거스르는 것이 된다. 매사에 조심조심하거라."

보국은 여전히 분이 풀리지 않았다.

"대장부가 되어 어찌 아내에게 굴복한단 말입니까? 홍씨가 잘못했다며 빌기를 기다리겠습니다. 지금 제가 가서 얼굴을 보인다면 저를 더욱 더 업신여길 것이 분명합니다."

이렇게 말하고는 계월에게 가지 않았다. 그 후로도 계속 보국은 계월의 처소에 가지 않고 따로 잠을 잤다. 그런 보국의 행동을 보고 계월이 생각했다.

'영춘이를 죽였다고 이러는구나. 마음 씀씀이가 좁고 행동이 졸렬하

구나. 그를 누가 남자답다고 하겠는가?'
 이런 생각이 떠나지를 않았다. 그러자 계월은 자신이 남자로 태어나지 못하고 여자로 태어난 것이 더욱 한스럽게 여겨졌다. 그렇게 계월은 눈물로 세월을 보냈다.

오·초의 반란

이때 남관 태수 강관복이 황제에게 급히 장계를 올렸다. 황제가 열어 보았다.

> 오왕과 초왕이 반란을 일으켰습니다. 지금 군사를 이끌고 서울 장안 황성을 향해 올라가고 있습니다. 오왕은 맹길을 대원수로 삼고 구덕지와 곽평을 장수로 삼았으며, 초왕은 관운영과 우덕계를 장수로 삼아 장수 천여 명과 군사 오십만을 거느리고 질풍처럼 몰아붙여 호주 칠십여 성을 쳐서 항복받았습니다. 형주 자사 남인택은 적을 막다 죽고 말았습니다. 이제 소장으로서는 도저히 당하지 못할 듯하옵니다. 속히 어질고 용맹한 장수를 보내셔서 적군을 막게 하소서.

장계를 다 읽은 황제가 놀라 모든 대신들을 모아 놓고 말했다.
"한시 바삐 대원수를 정해 이 도적들을 막도록 하라."
좌승상 성천이 앞으로 나와 엎드려 말했다.

"수많은 대군을 거느리고 가도 이 도적들을 당하지 못할 것 같습니다. 아무리 생각해도 우승상 홍평국 외에는 막을 자가 없습니다. 즉시 홍평국을 불러 대원수로 삼으시는 것이 옳을 듯합니다."

이 말에 황제가 한참을 생각에 잠겼다. 이윽고 말했다.

"평국이 여자인 줄 모를 때는 그를 불러 나랏일을 의논했다. 하지만 지금은 여자인 줄 번연히 아는데 어떻게 불러 전쟁터에 나가라고 한단 말인가? 이는 예의에 어긋나는 일이다."

대신들이 다시 말했다.

"비록 평국이 여자이긴 하나 그는 지금 벼슬을 하고 있습니다. 벼슬 하는 대신을 부르셔서 나라의 위급함을 의논하는 것은 결코 예의에 벗어나는 일이 아닙니다. 또한 평국의 명성이 온 천하에 진동하고 있으니 평국 외에는 이 난리를 막을 자가 없습니다. 어찌 여자라는 것을 꺼리시어 그를 쓰지 않을 수 있겠습니까."

황제가 마지못해 계월에게 황궁으로 들어오라는 명을 내렸다.

이때 계월은 규방에서 조금도 나서지 않고 쓸쓸히 지내고 있었다. 시녀들을 데리고 바둑과 장기로 소일하며 세월을 보낼 뿐이었다. 그런데 갑자기 황제가 보낸 사신이 들어와 황제의 명령을 전했다.

계월은 즉시 여자의 옷을 벗고 우승상에 걸맞은 관복을 갖춰 입었다. 그리고 사신을 따라 황궁으로 들어갔다. 계월이 황제 앞에 나아가 엎드려 절하니 황제의 얼굴에 미소가 피어올랐다.

"경이 규중 깊은 곳에서 나오지 않고 있어 오랫동안 보지 못했소. 밤낮 경을 보고 싶었지만 어쩔 수 없었는데, 오늘 이렇게 경의 모습을 보니 기쁘기 그지없소. 경의 모습이 깊고 푸른 바다 한가운데 사는 용이 여의주*를 머금은 듯하니 짐의 마음이 든든하오."

그러고는 오나라와 초나라의 반란을 떠올리며 말했다.

"지금 오·초 두 나라가 반란을 일으켜 호주 칠십여 성을 쳐서 항복받고 형주 자사 남인택을 베었다고 하오. 그리고 이제 남관을 거쳐 황성으로 달려온다고 하오. 형세가 매우 위급한데, 도적을 막을 장수를 아직 택하지 못했소. 조정의 공론이 경이 아니면 이 일을 맡을 자가 없다며 경을 추천하였소. 경이 비록 벼슬에 있으나 전쟁터에 나가라는 것은 분명 도리가 아닌 줄 아오. 하지만 국가의 운명이 어려운 때이니, 경이 잠시 부끄러움을 참고 크게 생각해 결정해 주기를 바라오. 그래서 짐이 적의 무리들에게 욕보지 않도록 하시오."

황제가 말을 마치고 눈물을 흘리니, 계월이 급히 바닥에 엎드려 말했다.

"신첩이 여자이오나 남자 용모를 꾸며 감히 폐하를 속이고 벼슬을 해 몸이 영화롭게 되었습니다. 이 죄는 천번 만번 죽어도 씻을 수 없습니다. 그런데도 폐하께서 이렇게 말씀하시니 신첩이 비록 어리석고 무지하나 폐하의 은혜를 어찌 모르겠습니까. 이제 신첩을 전쟁터에 보내시면 죽는 한이 있더라도 공을 세워 폐하의 은혜를 만분의 일이라도 갚겠습니다. 폐하께선 근심하지 마옵소서."

계월의 말에 황제가 크게 기뻐했다.

황제는 계월을 다시 대원수로 삼았다. 그러고는 수많은 병사들과 군마를 모아 상림원에 진을 치게 했다.

대원수 홍계월은 황제에게 예를 다해 절했다. 그리고 황금 투구를 쓰고 백운갑을 입고 늠름하게 진영으로 향했다. 허리에는 활을 차고 오른손에는 칠 척 장검을, 왼손에는 수기를 들었다. 장군대에 앉은 계월은 친필로 명령서를 썼다.

지금 적병이 급하게 쳐들어오니, 여보국은 즉시 중군장이 되어 종군*하라.

원수의 전령이 보국에게 달려가 명령을 전했다. 명령서를 본 보국은 분노가 하늘을 찌를 듯 치솟았다. 화가 난 보국이 부모님께 가 여쭈었다.
"아내가 남편을 부리는 법이 어디 있습니까? 계월이 또 소자를 중군장으로 부리려고 이런 명령을 내렸습니다. 원통해 죽을 지경입니다."
여공이 말했다.
"그래서 이 아비가 뭐라 했더냐. 네 첩 영춘을 죽인 일을 잊어버리라고 하지 않았더냐. 계월을 괄시하다가 이런 일을 당할 줄 내 알았다."
그러면서 보국을 타일렀다.
"지금 나랏일이 급하니 어쩔 수 없다. 어서 나가거라."
보국은 어쩔 수 없는 데다, 또 평소 원수의 위세를 아는지라 꾹 참고 갑옷을 입고서 원수의 진문 앞에 나갔다. 그리고 원수가 앉은 장군대 아래에 엎드려 절했다. 원수가 준엄한 표정으로 말했다.
"중군장 여보국은 들으라. 만약 내 명령을 거역하는 자가 있으면 군법으로 다스릴 것이니 각별히 조심하게 하라. 알겠느냐?"

여의주如意珠   용의 턱 아래에 있는 영묘한 구슬. 이것을 얻으면 무엇이든 뜻하는 대로 만들어 낼 수 있다고 한다.
종군從軍   '군대를 따라 전쟁터로 나간다'는 뜻이다.

보국이 원수의 말에 머리를 조아리고 자신의 막사로 돌아왔다. 분함을 억누르며 원수의 출동 명령만 기다렸다.

원수가 여러 장수들을 불러 각각 그 소임에 맞게 일을 나누었다. 그리고 드디어 행군하였다. 그날은 추구월 갑자일°이었다.

12월 13일에 적병이 공격하고 있는 남관성에 도착했다. 남관 태수 강관복이 병사들을 거느리고 힘겹게 성을 지키고 있었다. 원수의 대군이 왔다는 소식을 듣고 태수가 마중을 나왔다. 원수는 남관성에 들어가 사흘을 머무르며 적병의 움직임을 탐지했다. 적병이 천축산 너머 만성루 부근에 진을 치고 있음을 알았다.

원수는 다시 행군하여 사흘 만에 천축산을 지나 만성루에 다다랐다. 적병이 주둔한 것을 바라보니 넓은 광야에 진을 펴고 있는 형세가 자못 매섭고 날카로웠다. 바람에 펄럭이는 깃발과 창들이 들판을 가득 뒤덮었다. 원수가 적병을 마주 보고 진을 치라고 명령했다.

"명령을 어기는 자는 즉시 목을 베라!"

단호한 명령에 장수들과 군졸들이 부지런히 움직였다. 보국 또한 매사에 조심조심했다.

다음 날 아침, 원수가 중군장 여보국을 불러 분부했다.

"적 장수의 머리를 베어 장군대 아래에 바쳐라."

명령을 받은 보국이 갑옷을 입고 장검을 머리 위로 휘두르며 말을 몰아 나갔다. 진문 밖에 나서서 칼을 들어 적장을 가리키며 꾸짖었다.

"나는 명나라 중군장 여보국이다. 우리 원수께서 나를 보내 네놈들의 머리를 베어 오라 하시니, 당장 나와 목을 바쳐라."

그러고는 칼을 휘두르면서 적 진영 앞으로 말을 타고 오락가락하며 조롱했다.

"네놈들의 머리를 베어 낸 후, 오·초 두 나라를 짓밟아 이 세상에서 완전히 사라지게 하겠다."

적장 관운영이 크게 노하여 진문 밖으로 뛰쳐나왔다. 보국과 어울려 싸우는데 십여 합이 못 되어 보국의 칼이 번쩍였다. 그 순간 관운영의 머리가 잘려 말 아래로 굴러떨어졌다. 보국은 관운영의 머리를 들어 자신의 말안장 옆에 묶었다.

이때 적장 구덕지가 관운영이 죽는 것을 보고 분노했다. 말을 달려 나와 보국에게 달려들었다. 그것을 보고 보국이 큰소리를 지르며 칼을 휘둘러 덕지의 오른팔을 잘라 냈다. 칼을 든 손이 날아가 버리는 서슬에 덕지는 말에서 몸이 뒤집혀 떨어지고 말았다. 이 틈을 노려 달려든 보국이 덕지의 머리를 단칼에 잘라 버렸다. 그리고 덕지의 머리를 창으로 찔러 들고 칼춤을 추며 본진으로 말을 달려 돌아오려 했다.

관운영에 이어 구덕지까지 죽는 것을 본 적장 우덕계가 머리끝까지 분노했다. 사모장창•을 들고 말을 몰아 진영을 뛰쳐나오며 고함을 질렀다.

"보국은 도망치지 마라! 내 창을 받아라!"

그 말에 보국이 창에 꿴 덕지의 머리를 빼내고는 우덕계에게 달려들려 했다. 그런데 미처 덕지의 머리를 창에서 빼내기 전에 우덕계가 먼저 달려들었다. 황급히 창으로 우덕계의 사모장창을 막았지만 힘이 부

추구월秋九月 갑자일甲子日   추구월은 가을철로 음력 9월을 뜻하고, 갑자일은 간지로 날짜를 세는 날 중 첫째 날을 의미한다.
사모장창蛇矛長槍   끝이 뱀처럼 구불구불하게 된 긴 창

족했다. 창이 손에서 튕겨 나가고 말았다. 놀란 보국이 말을 돌려 도망치려 하는데 난데없이 적병들이 고함을 지르며 마구 달려들었다. 보국은 이리저리 피했지만 뒤에서 쫓아오며 사모장창을 찔러 대는 우덕계를 피하기가 점점 힘들어졌다. 적병 중 하나가 보국이 탄 말을 찔렀다. 그러자 말이 큰 소리를 지르며 솟구쳤다. 그 서슬에 보국이 땅에 떨어지고 말았다. 꼼짝없이 죽을 상황이었다.

명나라 장군대 위에서 이 싸움을 지켜보고 있던 원수가 급히 말을 몰아 달려 나왔다. 칠 척 장검을 빼 들고 무수히 둘러싼 적병들을 헤치며 닥치는 대로 죽였다. 놀란 적병들이 물러서는 틈에 원수는 보국을 뒤쫓는 우덕계에게 달려들어 단칼에 그의 머리를 베어 버렸다. 그리고 땅에 떨어져 뒹구는 보국을 구해 자신의 말 뒤에 타게 했다.

보국을 말 뒤에 태운 원수는 칼을 사방으로 매섭게 휘두르며 적장과 적병들을 사정없이 베어 버렸다. 놀라고 기진맥진해진 보국은 원수의 갑옷만 붙들고 원수 주위로 달려드는 칼들을 피하기에 바빴다. 보국의 눈에는 원수의 시퍼런 칼빛이 번뜩이는 것만 보였다. 차마 원수의 얼굴을 쳐다보지도 못했다.

명나라 진영으로 돌아온 후에야 비로소 보국이 온몸을 떨며 원수의 말에서 겨우 내렸다. 온몸에 피를 뒤집어쓴 원수가 보국을 꾸짖었다.

"겨우 이 정도이면서 평소에 남자라고 나를 업신여겼느냐?"

이 말에 보국이 부끄러워 감히 얼굴을 들지 못했다.

원수는 관운영과 구덕지의 머리를 함에 담아 황성으로 보냈다. 그리고 진문을 굳게 닫고는 나가지 말라고 명령했다.

맹길의 계책

싸움을 구경하고 있던 오왕과 초왕은 계월이 수많은 장수와 군사들을 짓밟고 주머니 속에서 구슬 꺼내 가듯 보국을 구해 가는 것을 보고 크게 놀랐다. 옆에 서 있던 맹길을 돌아보며 탄식했다.

"명나라 원수를 천하의 명장이라고 하더니 정말 헛된 명성이 아니로구나. 저 솜씨를 보니 옛적의 관운장과 조자룡이라도 당하지 못할 것 같다. 이제 우리나라는 망하였다."

초왕이 눈물을 흘렸다. 맹길이 한쪽 다리로 꿇어앉으며 말했다.

"대왕께선 너무 염려 마옵소서. 소장에게 한 가지 묘한 계책이 있습니다. 명나라 원수가 제아무리 명장이라 해도 이 묘책은 알지 못할 것입니다."

오왕이 물었다.

"무슨 묘책인가?"

"지금 보니 명나라 황제는 모든 일을 다 저 원수에게 맡긴 것 같사옵니다. 황제가 저 원수에게 군사를 모두 내준 것이 분명합니다. 그러니 지금 장안의 황성에는 군사들이 없을 겁니다. 겨우 황제와 나약한 신하들만 있을 것입니다. 이를 틈타면 일을 성취할 수 있을 겁니다."

"그게 무슨 말인가?"

"우리 군사를 나누어 명 원수 몰래 오초령을 넘어서 양자강을 건널 생각입니다. 거기서 곧장 가면 장안이 나옵니다. 텅 빈 장안의 황성에서 황제를 잡아 항복 문서를 쓰게 하면, 제아무리 명나라 원수의 용맹이 뛰어나다 해도 어쩔 수가 없을 겁니다."

오왕이 고개를 끄덕였다. 맹길이 계속 말했다.

"대왕께서 저에게 군사를 나누어 주시면, 황성으로 가서 황제를 잡아 항복하게 만들겠습니다. 곧 황제가 목에 옥새玉璽를 걸고 항복 문서를 든 채 대왕께 기어 와 살려 달라며 애걸하게 될 겁니다."

오왕이 초왕을 돌아보았다. 초왕 역시 고개를 끄덕이며 좋다고 말했다. 오왕이 말했다.

"진실로 장군의 말과 같이 된다면 더 바랄 것이 없겠다. 그렇게만 된다면 저깟 명나라 원수를 걱정할 필요가 뭐 있겠는가. 바삐 계교대로 하라."

오왕과 초왕의 허락을 얻은 맹길이 즉시 물러 나왔다. 그리고 수하 장수 곽평을 불러 말했다.

"너는 본진을 지켜라. 진문을 굳게 닫고 명 원수가 싸움을 걸어도 절대 진문을 열고 나시시는 인 된다. 나는 지금 명 원수 모르게 군시 만 명을 이끌고 황성으로 갈 것이니, 부디 내 말을 명심하라."

이렇게 분부하고, 그날 밤 자정에 장수 백여 명과 군사 만 명을 거느리고 오초령을 향해 떠났다.

그즈음, 황제는 원수가 보내온 관운영과 구덕지의 머리를 보고 마음을 놓고 있었다. 잔치를 벌여 여러 대신들과 즐기며 계월의 용맹을 칭찬했다. 그때였다. 황성 동쪽 문을 지키는 장수가 급히 달려와 황제에게 말했다.

"폐하, 큰일이옵니다. 어디서 나타났는지 수많은 적병들이 북과 징을 치며 장안을 침범했습니다. 백성들을 죽이며 집에 불을 지르고 있습니다. 지금은 곧장 황성을 향해 달려오고 있습니다."

황제가 크게 놀라 어쩔 줄 몰라 했다. 그사이에 벌써 맹길의 선봉장이 황성의 동문을 깨뜨리고 성안으로 침범해 들어왔다. 적병들이 궁궐 여기저기에 불을 지르고 뛰어다니며 궁녀와 대신들을 죽였다. 황궁이 타는 불빛이 하늘을 찌르고 궁녀들의 비명 소리가 하늘을 갈랐다. 도망치던 대신들이 칼에 찔리고 말에 밟혀 죽었다.

여기저기서 들리는 비명과 고함 소리에 황제는 정신을 차리지 못했다. 가슴만 두드리며 어쩔 줄 몰라 했다. 불길이 황제가 있는 내전까지 번졌다. 그러자 옆에서 모시던 환관 중서랑이 황제를 둘러업었다. 그리고 치솟는 불길을 뚫고 나와 북문으로 도망쳤다. 그 뒤를 따라 대신들이 옥새를 들고 쫓아갔다. 황제와 대신들은 북문을 나와서 천태령을 넘으려 했다. 황제를 찾아 황궁을 여기저기 뒤지던 맹길이 그러는 모습을 보았다.

"저쪽으로 누군가 간다. 아마도 황제인 것 같다."

그러면서 맹길이 부하들을 모아 천태령 쪽으로 향했다. 말을 달려 뒤쫓는 맹길이 앞서 도망치는 무리가 황제와 대신인 것을 확인했다. 칼을 빼 들고 휘두르며 크게 고함쳤다.

"황제는 도망치지 말고 내 칼을 받아라."

환관 중서랑에게 업혀 도망치던 황제가 이 소리를 듣자 간담이 떨어질 듯* 놀랐다. 얼이 빠지고 정신이 달아나 버렸다. 말을 타고 달려오는 적장들이 맨 뒤에 처진 대신들부터 죽이기 시작했다. 중서랑은 죽기를 무릅쓰고 달렸다. 중서랑은 황제를 업은 채 천태령으로 달리던 발길을 다른 쪽으로 돌렸다.

정신없이 달리는데 그만 눈앞에 강가가 나왔다. 백사장을 따라 허둥지둥 달렸지만 말을 타고 추격해 오는 적들을 피할 수는 없었다. 맹길이 결국 황제를 잡고 말았다. 중서랑이 황제를 감싸며 맹길을 막아섰다. 그러자 맹길이 단칼에 그를 베어 버렸다. 맹길이 흉포한 목소리로 말했다.

"황제는 목숨이 아깝거든 당장 항복 문서를 써 올려라."

그러면서 황제의 가슴에 칼을 들이댔다.

"네가 만일 내 명령을 듣지 않으면 목을 치겠다."

목소리가 천둥처럼 백사장에 울렸다. 그 소리에 황제는 눈앞이 아득해지면서 정신이 멍해졌다. 그러더니 백사장에 엎어져 기절하고 말았다. 주변의 대신들이 죽기를 각오하고 나서서 황제를 감싸 안았다. 그리고 맹길에게 애걸했다.

"종이와 붓이 없는데 무엇으로 항복 문서를 쓰란 말이오. 장군은 목숨을 살려 주시오. 항성으로 돌아가면 항복 문서를 써서 바칠 것이니

간담肝膽이 떨어질 듯 간담은 간과 쓸개를 아울러 이르는 말로, 간담이 떨어진다는 것은 크게 놀란다는 뜻이다.

조금만 참으시오."

하지만 맹길은 오히려 눈을 더 부라리며 버럭 소리를 질렀다.

"죽고 싶으냐? 당장 손가락을 깨물어 피를 내라. 그 피로 용포˚ 자락에 글을 써서 올리면 되지 않느냐."

이렇게 재촉하기를 쉬지 않았다. 정신을 잃었던 황제가 혼미한 눈으로 겨우 깨어났다. 거듭 다그치는 맹길의 성화에 황제는 눈물을 흘리며 용포 자락을 칼로 잘라 놓고는 큰 소리로 통곡했다.

"수백 년 사직이 내 대에 와서 망하게 되다니……. 어찌 이럴 줄 알았단 말이냐!"

황제의 통곡 소리에 하늘의 해가 빛을 잃고 산천초목이 다 슬퍼하는 듯했다. 계속 고래고래 소리를 지르며 다그치는 맹길의 성화에 황제가 울며 입안에 손가락을 넣고 깨물려 했다.

용포龍袍 곤룡포(袞龍袍)의 준말. 임금이 평소 일할 때 입는 정복(正服)

계월의 복수

 한편, 적장 관운영과 구덕지의 머리를 황성에 보낸 후에 홍 원수는 진중에서 잠을 자려고 누웠다. 그런데 이상하게도 잠이 오지 않았다. 웬일인지 마음이 진정되지 않고 계속 어지럽고 혼란스러웠다. 마음이 꺼림칙해서 자리에서 일어나 막사 밖으로 나왔다.
 그러고는 밤하늘을 쳐다보며 천기天氣를 살폈다. 그랬더니 자미성이 자리를 옮겨 엉뚱한 곳에 있고, 주위의 별들이 살기등등[•]하게 번뜩이고 있었다. 원수가 크게 놀랐다. 즉시 중군장 여보국을 불러 말했다.
 "하늘의 운행을 살펴보니 아무래도 도적들이 황성을 침범한 듯하다. 나라의 사직이 위태로워 어찌 될지 모르겠다. 시간이 없으니 우선 나 혼자 황성으로 가야겠다. 군사 천 명을 바삐 소집하여 내 뒤를 쫓아 황성으로 오게 하라. 그리고 중군장은 군사를 이끌고 이곳에서 적병을 막

살기등등殺氣騰騰 살기가 잔뜩 올라 있는 모양

으라. 아무리 적들이 싸움을 걸어와도 절대 진문을 열지 마라. 곧 다녀오겠다."

원수는 즉시 황성을 향해 떠났다. 한밤중의 희미한 달빛이 황성을 향해 달려가는 적토마의 번개 같은 모습을 비출 따름이었다.

홍 원수는 밤새도록 쉬지 않고 달려 장안에 다다랐다. 천하의 명마인 적토마가 아니라면 힘든 일이었다. 장안은 처참했다. 백성들의 시체가 여기저기 널브러져 있고 황성은 불에 타 버려 빈 성곽만 남아 있었다. 까마귀만 불탄 시체들을 뜯어 먹으려고 날아다녔다.

아무도 없는 텅 빈 황궁으로 가서 말을 세웠다. 하늘을 우러러 탄식했다. 그러자 눈물이 흘렀다. 황제가 간 곳을 도무지 알 수 없었다. 어찌 된 일이냐고 한마디 물어볼 사람도 없었다.

그때 대궐에서 오물을 흘려 내보내는 하수도 구멍에서 한 노인이 기어 나오려 했다. 그러다가 원수를 보고는 놀라 급히 다시 그 구멍으로 들어가려 했다. 원수가 다급히 그 노인을 불렀다.

"나는 도적이 아니다. 대명나라 대원수 홍계월이다. 노인은 겁내지 말고 이리 오라. 황제께서 어디로 가셨는지 알고 있는가?"

하수도 구멍으로 도망치려던 노인이 걸음을 멈추고는 돌아서 나왔다. 그리고 원수에게 와 그의 말 머리를 붙들고 통곡했다. 원수가 자세히 보니 시아버지인 여공이었다. 급히 말에서 내려 엎드리며 말했다.

"아버님은 무슨 일로 수채 구멍에 몸을 감추시는 겁니까? 저희 부모님과 가족들은 다 어디로 가셨습니까?"

여공이 계월의 갑옷을 붙들고 눈물을 흘렸다.

"생각지도 못한 때에 도적들이 갑자기 들이닥쳤다. 엄청난 군사들이 장안의 성문을 깨뜨리고 들어와 사람들을 죽이고 집들을 불태웠다. 사람들이 살려고 동서남북 여기저기 도망치는 통에 너의 부모님도 어디로 가셨는지 모르겠다. 나는 도적들을 피해 수채 구멍에 들어가 있었는데, 대신들이 황제 폐하를 업고 궁궐에서 나와 불길을 뚫고 북쪽으로 가는 것을 보았다. 아마도 천태령을 넘어가려 하는 것 같았다. 그런데 그 뒤를 적장이 고함을 치며 쫓아가더구나. 그런 다음에는 어찌 되었는지 나도 잘 모르겠다."

원수가 말했다.

"일이 급하게 되었습니다. 적장이 폐하를 핍박하러 갔군요. 아버님, 형세가 급해 더 이상 지체하지 못하겠습니다. 뒤따라오는 우리 군사가 있을 겁니다. 아버님께서는 그 군사가 이곳에 도착하면 제가 간 곳을 일러 주십시오."

그러고는 적토마에 나는 듯 올라타고 북쪽으로 달려갔다. 적토마는 이미 밤새도록 달려왔지만 원수의 마음을 아는지 또다시 쉬지 않고 내달렸다.

원수가 천태령을 넘어가려고 할 때였다. 왼쪽 작은 길을 따라 군사들이 달려간 흔적이 있었다. 원수가 그쪽으로 말 머리를 돌렸다. 조금 가다 보니 큰 강변에 적병들이 늘어선 것이 보였다. 거기서 당장 항복하라며 다그치는 고함 소리가 들려왔다. 그 소리에 원수가 정신이 번쩍 났다. 분노를 이기지 못하고 말을 달리며 칼을 빼 들고 소리쳤다.

"네 이놈, 대명국 대원수 홍계월이 여기 왔다. 당장 목을 내밀고 죽기를 각오하라!"

벼락 치듯 소리 지르며 칼을 휘둘렀다. 칼이 번쩍이는 곳마다 적장과 병사들의 머리가 가을바람의 낙엽처럼 뒹굴었다.

맹길이 고함 소리에 화들짝 놀라 돌아보았다. 언제 나타났는지 홍 원수가 칼을 휘두르며 자신을 향해 똑바로 달려오는 것이 아닌가. 깜짝 놀라 몸을 돌려 칼을 들고 원수를 대적하려 하는데, 원수가 휘두른 칼이 더 빨랐다. 원수의 칼이 맹길의 칼 든 팔을 치니 팔이 잘려 나갔다. 피를 흘리며 비명을 지르는 맹길을 즉시 잡아 백사장에 쓰러뜨렸다. 그리고 주변의 적장들과 군졸들을 닥치는 대로 쓸어 죽였다. 피가 흰 백사장을 벌겋게 물들이고 쓰러져 뒹구는 시체들이 산처럼 쌓였다.

이때 원수를 뒤따라온 명나라 군사 천 명이 백사장에 당도했다. 그러자 맹길의 적병들은 더 이상 버티지 못하고 혼비백산해서 도망치기 시작했다. 황제와 신하들은 홍 원수가 온 줄 모르고 그를 적장으로만 알았다. 피가 튀는 끔찍한 상황에 정신을 못 차린 황제는 여전히 손가락

을 깨물려 했다. 그때 원수가 말에서 내려 황제 앞에 엎드리며 말했다.

"폐하, 근심치 마옵소서. 정신을 차려 옥체玉體를 보존하옵소서. 적장이 아닙니다. 계월입니다. 폐하의 신하 홍계월이옵니다."

황제가 원수의 목소리를 듣자 비로소 정신을 차렸다. 한편으로 웃으며 한편으로 눈물을 흘렸다. 그러다가 황제는 원수의 갑옷을 붙들고 도로 기절했다. 원수가 황제의 몸을 붙들고 울었다. 이윽고 정신을 차린 황제가 원수를 보고 말했다.

"짐이 이 백사장에서 외로운 혼이 될 뻔했노라. 그대의 덕으로 사직을 보존하니 이 은혜를 무엇으로 다 갚겠는가."

그러고는 다시 물었다.

"경은 만 리 변방에서 어떻게 이런 일이 있는 줄 알고 왔는가?"

원수가 엎드려 말했다.

"하늘의 별들이 움직이는 것을 보고 알았사옵니다. 제가 이끌고 간 군사를 중군장 여보국에게 맡기고 밤새도록 달려왔지만, 소신이 늦고 말았나이다. 황궁이 불탄 것을 보고 어떻게 해야 할지 몰랐는데, 소신의 시아버지인 여공을 우연히 만나 이곳에 폐하께서 계신 줄 알게 되었나이다."

그렇게 찾아오게 된 사연을 대강 아뢰었다. 원수는 자신을 뒤따라온 명나라 군사들이 맹길의 적병들을 죽이고 장수들을 포박한 것을 둘러보았다. 그리고 황제에게 말했다.

"폐하, 적장 맹길은 팔이 잘려 더 이상 싸울 수 없게 되었고, 다른 장수들도 모두 잡혔습니다. 이들에 대한 징벌은 장안으로 돌아간 후 하시지요."

황제가 그렇게 하라고 했다. 원수는 맹길과 다른 장수들을 묶고 황제 앞에 걸어가게 했다. 황제는 그 뒤에서 원수와 나란히 말을 타고 행진했다. 그렇게 황제는 원수의 적토마를 타고 원수는 맹길이 탔던 말을 타고 위엄 있게 장안으로 향했다. 행군할 때 치는 북을 맹길에게 짊어지게 하고 대신 하나가 뒤에서 북을 쳤다. 그렇게 황제와 원수가 돌아오는 모습을 보자, 두려움에 흩어졌던 백성들이 하나둘씩 모여들기 시작했다.

숨고 도망쳤던 백성들이 차츰 모여들자, 황제는 기뻐 용포 소매를 떨치며 말 위에서 춤을 추었다. 명나라 장수들과 대신들도 기뻐 춤추며 장안으로 들어섰다. 돌아온 장안 백성들도 만세를 불렀다.

황제가 장안으로 돌아왔지만 황궁은 이미 다 불타 버려 그 터만 앙상하게 남아 있을 뿐이었다. 그것을 보고 황제가 탄식하며 주위에 선 대신들을 둘러보고 말했다.

"짐이 어질지 못해 무죄한 백성들을 죽이고 궁궐은 잿더미가 되었구나. 또한 황후와 황태자는 어디로 갔는지 알 수가 없구나. 혹시 불길에 휩싸여 죽지나 않았는지 모르겠다. 만약 그랬다면 무슨 면목으로 저승에 가 선조 황제들을 뵙겠는가. 차라리 죽고 싶구나."

말을 마친 황제는 통곡했다. 대신들이 다 황제를 만류하며 엎드려 말했다.

"폐하, 염려치 마시옵소서. 하늘이 폐하를 이 세상에 내실 때에는 무도한 도적들도 같이 내어 이런 액운을 당하게 하셨습니다. 하지만 홍원수를 또 내시어 폐하를 보호하고 천하를 평정케 하신 겁니다. 이는 다 하늘이 정한 것이오니 어찌 이렇게 슬퍼하십니까."

원수도 엎드려 황제를 위로했다.

"폐하, 비록 제가 무능하오나 황후마마와 태자 저하를 반드시 찾도록 온 힘을 다하겠사오니, 그만 진정하시오소서."

황제가 비로소 눈물을 그치고 말했다.

"궁궐과 백성들의 집이 다 불타 버렸으니 어디로 가 이 몸을 쉬게 한단 말인가?"

이때 여공이 하수도 구멍에서 나와 엎드려 말했다.

"폐하, 소신의 목을 속히 베소서. 소신은 저 혼자만 살기를 바라 폐하를 모시지 못하였습니다. 그러니 어찌 살기를 바라오리까? 저를 속히 베시어 다른 사람들의 본보기로 삼으소서."

여공의 말에 황제가 말했다.

"이 무슨 소리인가. 경이 집과 다른 곳에 있다가 이런 변을 당해 각기 다른 곳으로 흩어진 것인데, 이를 두고 어찌 경의 잘못이라 할 수 있단 말인가. 경에게 충성심이 없다면 이 세상 누구에게 충성심이 있다고 할 수 있단 말인가? 과도한 생각을 말라."

여공이 황제의 은혜에 감사하고는 말했다.

"궁궐이 불타 버려 폐하께서 지금 쉬실 곳이 없는데, 마침 적당한 곳이 한 군데 있습니다."

"그곳이 어디인가?"

"폐하께서 지어 주신 홍 원수의 별궁이 때마침 화재를 면했습니다. 황궁을 다시 건축하는 동안 일단 홍 원수의 궁으로 가서서 지내심이 어떨까 하옵니다."

황제가 기뻐했다. 대신들에게 의견을 물은 후, 종남산 아래에 있는 원수의 궁궐로 갔다. 계월의 아버지 위국공 홍무가 지내던 처소를 깨끗이 정리한 후, 황제가 그곳에서 쉬었다. 대신들과 호위하는 병사들이 그 주변을 둘러 지켰다.

다음 날 아침이 되었다. 홍 원수가 맹길과 다른 장수들을 끌어내어 황제 앞에 무릎을 꿇렸다. 원수가 황제에게 말했다.

"이 도적들을 벨 사람이 없사오니 소장이 직접 처치하겠습니다. 폐하께서는 구경만 하옵소서."

원수는 바로 앞에 맹길을 끌어다 앉히고, 다른 장수들을 차례로 그 옆에 앉혔다. 그러고는 칼을 빼 들고 단칼에 장수들의 목을 베기 시작했다. 원수의 고함 소리가 터질 때마다 목이 달아나는 장수들의 모습에 맹길은 물론이고 주변에 서 있는 황제의 호위 병사들까지 사색이 되었다. 원수는 눈 하나 깜짝하지도 않고 맹길만 남겨 둔 채 모든 장수들을 베어 버렸다. 그런 후에 원수가 피 묻은 칼을 땅에 내려놓고 황제께 엎드려 말했다.

"적장 맹길은 소장의 원수로 같은 하늘 아래 살 수 없는 자이옵니다. 이제 맹길이 한 짓을 들으소서."

그러고는 일어서서 큰소리로 맹길을 꾸짖었다.

"이놈 맹길아, 들어라! 네가 초나라 땅에서 살았다고 했는데, 네가 살던 곳이 어딘지 자세히 말해라."

맹길이 말했다.

"본래부터 소상강 근처에서 살았나이다."

원수가 또 물었다.

"사실을 조금도 숨기지 말고 낱낱이 아뢰어라. 네놈이 뱃도적이 되어

다니면서 강가에서 장사하는 배들을 노략질한 적이 있느냐 없느냐?"

자신의 옛적 일을 원수가 말하자 맹길은 얼굴색이 변했다. 더듬거리더니 원수의 독촉하는 말에 대답했다.

"과연 그런 일이 있습니다. 하지만 흉년이 들어서 굶주리다 어쩔 수 없이 그렇게 한 것일 뿐입니다."

원수가 호통을 쳤다.

"입 닥쳐라. 네 더러운 입에서 나오는 변명을 듣자는 것이 아니다."

그러고는 원수가 다시 물었다.

"네놈은 자세히 들어라. 수십 년 전 엄자릉의 조대에서 한 부인을 잡아 비단으로 꽁꽁 묶고, 그 부인의 품에 든 아이를 빼앗아서 돗자리에 싸 물에 던져 버린 일이 있느냐 없느냐? 바른대로 아뢰어라."

원수의 서릿발처럼 날카로운 말에 맹길은 그만 얼굴이 창백해지고 말았다. 독촉하는 원수의 말에 겨우 대답했다.

"그…… 그런 일이 있나이다."

원수가 갑자기 큰소리로 외쳤다.

"네 이놈, 그때 돗자리에 싸서 강물에 던졌던 아이가 바로 나다!"

이 말에 맹길은 눈앞이 캄캄해졌다.

원수의 분노가 하늘에 치솟을 듯했다. 친히 내려가 맹길의 상투를 붙잡고 목을 베어 버렸다. 그리고 그 목을 나무에 매달고, 시신의 배를 갈라서 간을 꺼내 하늘을 향해 원수를 갚은 것을 감사했다. 그런 후 황제에게 말했다.

"폐하의 넓으신 덕으로 평생 가슴속에 남아 있던 원한을 이제야 풀었습니다. 이제는 죽어도 한이 없습니다."

황제가 앞뒤 이야기를 다 듣더니 말했다.

"이는 경의 충성심에 하늘이 감동하신 것이다."

이렇게 칭찬하고 다시 원수에게 말했다.

"이제 짐과 함께 보국이 맡고 있는 전쟁터에 가는 것이 어떻겠는가? 경과 함께라면 위험하지 않을 듯하다."

"폐하께서 무슨 일로 친히 전쟁터에 가려 하십니까?"

"짐이 직접 가서 군사들의 사기를 돋워 주고 그 상황을 직접 보고 싶노라."

황제의 말에 원수가 황제를 모시고 중군장 여보국이 지키고 있는 변방으로 가기로 했다. 그래서 자신은 맹길이 타던 말을 타고 자신이 타던 적토마를 황제가 타게 했다. 그리고 원수 스스로 선봉장이 되어 앞서고, 황제는 중군이 되어 뒤에 오게 했다. 좌우로 용맹한 장수들과 날랜 군사들을 배치해 황제를 모시고 진군하게 했다.

다시 여자 된 슬픔

한편 원수가 장안으로 황제를 구하러 간 사이에 전쟁터에서는 보국이 원수를 기다리지 못하고 싸움을 벌였다. 다행히도 용맹스럽게 오왕과 초왕을 쳐서 사로잡아 항복을 받았다. 의기양양한 보국은 군사들을 이끌고 천천히 장안을 향해 돌아오고 있었다.

그런데 멀리 바라보니 뜻밖에 군사들이 날카로운 기세로 다가오는 것이 보였다. 선두에 나선 장수를 자세히 보니 손에 든 수기와 칼빛이 홍 원수와 비슷했다. 하지만 타고 있는 말은 적토마가 아니었다. 유심히 살펴보니 맹길이 타던 말이었다.

보국이 놀라 생각했다.

'적장 맹길이 황성을 짓밟고 돌아오다가 홍 원수에게 패하여 도망치는 것이 분명하다. 제 본진으로 돌아가려다가 내 진영을 보고 홍 원수인 체하며 나를 속여 유인하는 것이 틀림없다. 내 직접 나가 싸워서 맹길의 목을 베어 원수께 바치리라.'

이렇게 결심하고 갑옷 끈을 단단히 매고는 사모장창을 들고 말에 올랐다. 그러고는 마음을 독하게 먹고 진영 앞에 나섰다. 이때 황제가 이러는 보국의 모습을 보았다. 황제가 원수에게 말했다.

"중군장 여보국이 경을 적장으로 아는 것 같다. 경이 한번 적장인 체하고 보국을 속여 보라. 보국의 용맹과 지략이 어느 정도인지 보고 싶구나."

원수가 웃으며 답했다.

"그리하겠습니다. 소신의 재주와 보국의 재주를 보옵소서."

그러고는 갑옷 위에 검은 군복을 껴입었다. 그리고 수기를 높이 들고 보국의 진을 향하여 나섰다. 그러자 보국이 정말 적장 맹길인 줄 알고 말을 몰아 나서며 큰소리로 고함쳤다. 그러면서 홍 원수를 취하려고 창을 휘두르며 달려들었다.

원수는 미소를 짓고는 곽 도사에게 배운 술법을 부렸다. 그러자 홀연 큰 바람이 일어나며 검은 구름과 안개가 사면에서 자욱하게 피어나 지척을 분별하지 못할 정도로 어두워졌다. 보국은 짙은 구름과 안개 속에서 방향을 잃고 어디로 향할지 몰라 갈팡질팡했다. 그때 원수가 크게 고함을 지르며 달려들어 보국의 사모장창을 빼앗아 손에 들고 보국의 갑옷을 잡아채어 말에서 떨어뜨렸다. 곧이어 땅에 뒹구는 보국의 멱살을 잡아 자신이 탄 말에 끌어당기며 말을 달리자, 보국이 질질 끌려 오게 되었다. 부국이 정신을 차리지 못하고 소리쳤다.

"우리 원수는 어디로 가셔서 내가 이런 일을 당하는 줄 모른단 말인가. 나를 구하지 않고 어디로 갔단 말인가!"

말하는 소리가 탄식이 되며 눈물을 비 오듯 흘렸다. 말을 달리던 원수는 보국의 이런 모습을 보자 웃음이 나왔다.

"중군장은 어찌 원수의 손에 끌려 오면서 원수를 찾으며 살려 달라고 청하는가?"

보국이 이 말을 듣고 자세히 보니 자신을 끌고 달리는 자가 바로 홍원수 아닌가. 보국은 부끄러워 차마 원수의 눈을 마주 보지 못했다. 원수가 보국을 질질 끌고 달려와 황제 앞에 놓았다. 황제가 말 위에서 껄껄 웃고는 말에서 내려 보국을 일으켰다.

"중군장은 오늘 원수에게 욕본 것을 조금도 언짢게 생각하지 마라. 원수가 사사롭게 한 일이 아니라, 짐이 경과 원수의 재주를 보려고 원수에게 시킨 일이다. 경들의 재주를 보니 삼국 시절 관운장과 마초라도 능히 당하지 못할 듯하구나. 경들이 있는데 짐이 어찌 천하를 근심하겠는가."

이렇게 위로하고는 다시 말했다.

"하지만 원수가 불쌍하구나. 지금 전쟁터에서는 이러하지만, 다시 돌아가 그대를 예로써 섬길 아내가 될 것이 아닌가. 그러니 경은 잠시 곤경을 받았다고 마음에 담아 두어서는 안 된다. 훗날 일은 모두 경에게 달려 있음을 명심할지어다."

보국이 땅에 엎드려 절하며 말했다.

"폐하의 말씀이 지당하십니다."

황제가 보국의 말을 듣고 그를 칭찬했다. 그리고 모든 군사들을 이끌고 장안으로 회군했다. 반란을 일으켰던 우두머리 오왕과 초왕에게는 행군하는 북을 짊어지고 맨발로 걷게 했다.

이윽고 종남산 아래 계월의 궁궐 앞에 도착했다. 황제는 그 앞에 진을 치고 장군대를 마련하게 하여 그 위에 앉았다. 황제가 직접 주위의 무사들에게 명령하여 오왕과 초왕, 그리고 적장들을 끌어내게 했다. 그들을 보고 황제가 크게 꾸짖었다.

"너희는 태평성대에 감히 반란을 일으켜 천하를 어지럽히고 황성을 불태워 재물을 노략질하고 백성들을 죽였다. 그러나 하늘이 무심하지 않으셔서 너희를 잡게 되었다. 이제 너희의 목을 베어 불 가운데 타 죽은 백성들의 혼백을 위로하겠다."

그러고는 군사들을 호령하여 모두 진문 밖으로 끌어내 목을 치라 명했다. 오왕과 초왕을 죽인 후 황제는 제문祭文을 지어 불에 타고 칼에 맞아 죽은 무고•한 백성들을 위로하는 제사를 지냈다. 제사를 지내는 동안 황제는 황후와 황태자도 불에 타 죽은 것으로 생각하여 깊이 슬퍼했다. 여러 대신들도 통곡하며 슬퍼했다.

그리고 나서 황제는 싸움에 공이 있는 장수들과 군사들에게 상을 주었다. 그리고 불타 버린 장안의 집들을 다시 세우라 명하였다. 또한 새 터를 잡아 황궁을 짓게 하고, 천하에 크게 사면령•을 내려 억울하게 죄를 입은 자들을 풀어 주게 했다.

황제가 조정의 위엄과 품위를 높이고자 반란 진압에 큰 공이 있는 여보국의 벼슬을 좌승상으로 올리고, 이어 계월의 벼슬도 돋우려 했다. 그러자 계월이 땅에 엎드려 말했다.

"폐하, 신첩이 전과 다릅니다. 감히 폐하의 은혜를 입어 나라의 녹을 받고 천하를 평정하였지만, 이제는 다른 소원이 없나이다. 아녀자의 도

무고無辜 잘못이나 허물이 없음
사면령赦免令 죄를 용서하여 형벌을 면제하는 명령

리를 차려 남편 보국을 섬기며 자손을 두고, 오래도록 시아버지 여공을 모시고 살면서 부모님의 뜻을 저버리지 않겠다는 마음을 먹었습니다. 엎드려 비옵건대 폐하께서 신첩의 간절한 소원을 들어주시옵소서. 그래서 신첩이 오늘 이후로는 조정에 나오지 않고 장안에서도 떠나고 싶나이다. 이제 여자의 옷을 입고 규방 안에 몸을 감추고 살기를 원합니다. 간청하오니 폐하께서는 신첩에게 내리신 벼슬과 재산을 모두 거둬 주옵소서. 이제 신첩의 소원은 생사를 모르는 부모님을 다시 뵙는 것뿐입니다."

그러면서 군사들을 부릴 때 쓰는 병부와 대원수의 신표인 도끼와 도장, 수기를 바쳤다. 그러는 계월의 눈에 눈물이 흘렀다. 계월의 말과 그런 모습에 황제가 슬픈 마음을 진정치 못했다.

"짐이 덕이 없어 경을 보기 부끄럽도다. 경의 부친 위국공과 모친 정렬부인이 이번 난리를 당하여 어느 곳으로 피란하였는지 알 수가 없구나. 하지만 곧 소식이 있을 것이니 경은 안심하라."

또 이렇게 말했다.

"경이 규중에 처하겠다고 말하며 병부와 도장을 다 바치니, 이는 다시는 짐을 보지 않겠다는 말이로구나. 경의 형편을 내 모르는 것은 아니나 서울 장안을 떠나겠다는 말은 더 이상 하지 마라. 경이 비록 여자이나 임금과 신하의 의리를 잃어서는 안 된다. 그러니 나랏일을 생각해 한 달에 한 번씩은 꼭 조회•에 들어와 짐의 울적한 마음을 덜어 달라."

조회朝會 모든 벼슬아치가 함께 정전에 모여 임금에게 문안드리고 정사를 아뢰던 일

이러면서 병부와 도장, 수기를 다시 돌려주었다.

"이 병부와 도장은 하늘이 경에게 맡긴 것이다. 짐이 어찌 마음대로 하겠는가."

계월은 몇 차례 사양했지만 어쩔 수 없이 다시 받았다. 그리고 자신의 처소로 돌아갔다. 모든 대신들과 백성들은 계월의 지조와 절개를 극구 칭송했다.

처소로 돌아온 계월은 남자의 군복을 벗고 여자 옷을 입었다. 그리고 시아버지 여공을 뵈었다. 여공이 크게 기뻐하며 며느리 계월을 맞이했다. 여공이 며느리의 벼슬을 생각해 예로써 공경하자, 계월의 마음이 복잡해졌다. 여공께 하직하고 일어나 보국을 찾아가서 아내의 예로써 절했다. 그러자 보국은 한편으로는 기뻐하면서도 한편으로는 두려워했다. 보국이 말했다.

"전쟁터에서 볼 때는 맹호의 거동 같더니, 지금은 양귀비의 모습 같구려. 그 변화무쌍함을 짐작하지 못하겠소."

계월이 아무 말 없이 미소만 지을 뿐이었다.

계월은 부모님과 시어머니의 생사를 몰라 슬퍼했다. 환란을 피하지 못하고 돌아가신 것이 틀림없다고 생각했다. 그래서 여공에게 여쭌 후, 부모님과 시어머니의 제사를 올렸다. 제물을 갖추어 놓고 제문을 읽었다. 그리고 보국과 함께 절하고 통곡했다. 그 모습에 주변 사람들이 모두 눈물을 흘리며 슬퍼했다.

곽도사의 은혜

맹길이 장안을 공격했을 때, 위국공은 난리를 보고 피신했다. 때마침 여공의 부인인 공렬부인이 집에 와 있었다. 그래서 위국공과 그의 부인 정렬부인과 함께 피란을 갔다. 취양과 양운 등도 공과 부인들을 따라갔다.

한참을 가다 보니 어느 물가에 다다랐다. 그런데 그곳에서 궁녀들이 황후와 황태자를 모시고 강을 건너지 못해 발만 동동 구르고 있는 것이 아닌가. 위국공이 즉시 그 앞에 달려가 땅에 엎드려 절했다. 의지할 곳이 없던 황후가 크게 반겼다. 위국공이 말했다.

"이번 변란은 어찌할 수 없는 것입니다. 황제의 성스러운 덕이 호탕°하시니 어찌 하늘이 무심하겠습니까. 분명 하늘이 도우실 겁니다. 엎드려 비오니 황후마마께서는 옥체를 보존하시옵소서."

그러자 황후는 마음을 놓았다. 하지만 강을 건널 수가 없었다. 공이

호탕浩蕩 아주 넓어서 끝이 없다는 뜻이다.

황후에게 말씀을 드려 모두 남쪽으로 방향을 바꿔 산으로 들어가게 되었다. 하늘에 닿을 듯이 높은 태산으로 들어가니, 점점 갈수록 사람들이 다니는 길이 없어졌다. 황후, 황태자와 부인들, 궁녀와 시비들이 서로의 몸을 묶어 길을 잃거나 흩어지지 않게 하며 걸었다.

좌우로 벌어 선 산천을 둘러보니 온통 울창한 삼림에 우거진 풀숲뿐이었다. 깊은 골짜기에서 울부짖는 짐승 소리가 윙윙거렸다. 갈수록 험해지는 산길에 갈증이 심해지고 다리가 부르터 더 이상 갈 수가 없었다.

모든 사람들이 조금도 더 걷지 못할 즈음이었다. 서로를 붙들고 죽기를 걱정하며 눈물을 흘릴 때였다. 문득 바라보니 깎아지른 절벽에 하늘로 날아갈 듯 자리 잡은 작은 집이 눈에 띄었다. 모두 그곳으로 가기로 했다.

한참을 걸어가 보니 정갈하게 지은 작은 집이었다. 위국공이 일행을 문밖에 세우고 홀로 중문 안으로 들어가 인사를 올렸다. 마당에서는 한 도사가 약초를 말리고 있었다. 도사가 일어나 공에게 절하며 물었다.

"무슨 일로 이 깊고 깊은 산중에 들어오셨습니까?"

공이 피란하여 온 사연을 말했다.

"나라의 운세가 불행하여 뜻밖에 환란을 당했습니다. 그래서 황후와 황태자를 모시고 여기까지 피란하게 되었습니다."

"황후마마와 태자 저하는 어디 계십니까?"

공이 도사의 목소리를 들으니 어딘지 모르게 친근한 것이 아는 사람인 듯한 느낌이 들었다. 그래서 답했다.

"지금 문밖에 계십니다."

그러자 비로소 도사가 말했다.

"공께선 저를 몰라보십니까?"

공이 고개를 갸웃거리는 것을 보고 다시 도사가 말했다.

"오래전 공의 따님을 보고 운명을 이야기했던 곽 도사입니다."

공이 깜짝 놀라 덥석 도사의 손을 잡으며 기뻐했다. 곽 도사가 말했다.

"황후마마와 부인을 모두 내당으로 모시겠습니다. 그리고 공과 태자는 저와 함께 초당에 거하시지요. 난리가 진정된 후 장안으로 돌아가서도 될 것입니다."

도사의 말에 공이 크게 기뻐했다. 밖으로 나가 황후와 모든 부인들을 모셔 내당에서 쉬게 하고, 자신과 태자는 도사와 함께 마당 쪽에 있는 초당에서 지냈다. 초당에 있는 나날은 평화로웠지만 항상 장안과 황궁 소식을 몰라 근심이 떠나질 않았다.

하루는 도사가 산꼭대기에 올라가 하늘을 바라보더니 돌아와 공을 청했다.

"제가 오늘 하늘의 운행을 보니, 계월이 적병을 모두 파하고서 황제를 모시고 장안으로 돌아온 지 꽤 된 것 같습니다. 아마도 공과 부인께서 돌아가신 줄 알고 슬픔으로 시간을 보내고 있을 겁니다. 바삐 황성으로 돌아가시지요."

도사의 말에 위국공이 기뻐하며 이런 사연을 황후에게 아뢰었다. 그러자 황후가 급히 황성으로 올라가기를 재촉했다. 황후가 도사에게 가서 말했다.

"귀하의 넓은 덕으로 오랫동안 아무 탈 없이 잘 머물렀습니다. 이 산의 풍경을 구경하며 세월을 보내니 신선이 따로 없군요. 이렇게 난리를 피하고 더불어 목숨을 보존했으니 정말 이런 은혜가 따로 없습니다. 한

가지 물어볼 것이 있는데, 이 땅은 어디이고 이 산의 이름은 무엇인지요? 황성으로 올라가 황제 폐하께 말씀드려 이 은혜를 갚고 싶어서 그럽니다."

도사가 정색을 하고 말했다.

"이곳은 덕주 땅입니다. 이 산은 청룡산이고 이 골짜기는 백운동이라 합니다. 하지만 저는 어느 한곳에 오래 머무는 성격이 아닙니다. 여기저기 발길 닿는 대로 좋은 산과 좋은 골짜기를 찾아다니며 풍경 구경하기를 좋아합니다. 이곳에 우연히 와서 마마와 위국공을 뵙게 되었을 뿐입니다. 황성에 돌아가셔서 다시 이곳을 찾으셔도 저는 아마 다른 곳으로 가고 없을 겁니다. 아마도 다시 뵙기 어려울 듯합니다. 돌아가시는 길, 부디 몸조심하시기 바랍니다."

이렇게 말하고는 위국공에게 편지 하나를 건네주었다.

"다른 사람들이 모르게 깊이 간직하였다가 돌아가시거든 계월과 보국에게 이것을 주옵소서."

공이 편지를 받아 품에 넣었다. 그리고 길을 재촉하여 황후와 태자, 그리고 부인들과 궁녀, 시비들을 거느리고 떠났다. 절벽 사이로 내려와서 백운동 어귀를 나오니, 전에 만났던 큰 강이 보였다. 강변에 서자 저절로 예전 일이 떠오르며 눈물이 흘렀다. 다른 사람들도 고생하며 피란하던 일을 떠올리면서 목이 메는 듯 울기도 했다.

백사장을 지나 요봉대를 넘어 부춘동을 지났다. 오성루 아래에 이르러 하룻밤 유숙했다. 다음 날 팔두령을 넘고 오동령을 지나 드디어 남관 문밖에 다다랐다. 남관 문을 지키는 장수는 문을 굳게 닫고 삼엄하게 지키고 있었다. 장수가 성문 위에서 위국공 일행을 보고 소리쳤다.

"너희를 보니 이상한 자들이로구나. 행색이 고약하니 어디서 온 자들인지 모르겠다. 너희는 어느 지방 사람들이고, 또 어떻게 여기 오게 된 것이냐?"

장수는 문을 열지 않고 이렇게 묻기만 했다. 위국공이 앞에 나아가 말했다.

"우리는 이상한 사람들이 아니다. 나는 위국공 홍무이다. 오 년 전 황성이 불타는 난을 당해 황후마마와 태자 저하를 모시고 덕주 땅 청룡산으로 피란을 갔다가 지금 황성을 향하여 가는 중이다. 어서 썩 문을 열어라."

이 말에 문을 지키던 장수가 깜짝 놀랐다. 하지만 수문장 정도가 위국공이나 황후를 알아볼 턱이 없었다. 그 장수가 급히 안으로 뛰어 들어가 남관성의 책임을 맡은 성주에게 보고했다. 남관성주는 장수의 말에 깜짝 놀라 급히 성벽 위로 달려와 보았다. 그랬더니 정말 위국공이 황후마마와 태자 저하를 모시고 서 있는 것이 아닌가. 급히 뛰어 내려와 성문을 직접 열고 달려가서 땅에 엎드려 절하며 말했다.

"제가 눈이 없어 위국공 전하와 황후마마, 태자 저하를 제대로 알아뵙지 못했습니다. 죽어 마땅하옵니다."

위국공이 말했다.

"그대가 어찌 죄가 있겠는가. 문을 경비하는 장수도 역시 알아볼 수 없었을 것이다. 오히려 느슨하게 성문을 시키는 것을 보니 싱을 내려야겠다."

그러자 성주가 더욱 황송해했다. 남관성주가 황후와 모든 일행을 모시고 성안으로 들어가 관사에 머물게 했다. 그리고 이런 사연을 황성에 보고했다.

이때는 황후와 태자가 모두 난리 중에 돌아가셨다고들 생각할 때였다. 새 황궁을 다시 세웠지만 황제는 불탄 궁궐 자리에 제사상을 차려 놓고 매년 제사를 드렸다. 제삿날만 되면 제물을 갖추어 놓고 외롭게 죽어 간 영혼을 부르며 통곡하였다. 대신들도 모두 눈물을 흘리며 슬퍼했다. 이럴 때 남관성주의 장계가 올라왔다. 황제가 무슨 일인가 열어 보았다.

위국공 홍무가 황후마마와 태자 저하를 모시고 지금 남관성에 머물러 있습니다.

황제는 황후와 황태자가 살아 있다는 소식에 한편으로 놀라고 한편으로 기뻐 어쩔 줄 몰랐다. 즉시 계월을 황궁으로 들어오라고 명했다. 계월은 갑작스러운 황제의 부름에 의아해하며 급히 관복을 입고 황궁으로 들어갔다. 황제를 뵙자 그가 말했다.

"하늘이 짐을 도우시는구나. 이번에도 그대의 아버지 위국공이 공을 세웠도다. 위국공이 황후와 태자를 보호하여 목숨을 보존케 했구나."

그러면서 남관성주가 올린 장계를 보여 주었다. 장계를 다 읽은 계월이 땅에 엎드렸다.

"이는 다 폐하의 넓으신 덕 때문입니다. 하늘이 폐하를 보살피심이지, 어찌 신의 아비의 공이라 하겠습니까."

황제가 기뻐 크게 웃었다. 그러고는 즉시 황후와 태자가 탈 연•을 준비하고, 정렬부인과 공렬부인의 가마와 취양, 양운이 탈 가마를 준비하게 했다. 위국공이 타고 오도록 좋은 말을 보태고 그 일행을 맞이하도록 만 명의 시종들과 삼천 명의 궁녀들, 온갖 악기와 기예를 갖춘 자들을 남관성으로 보냈다. 황제가 계월에게 명령했다.

"계월은 당장 대원수의 위엄을 갖추어 낙성관까지 나가 일행을 맞이하라."

계월이 즉시 명령에 응답하고 황성을 나와 백 리 밖에 있는 낙성관으로 향했다. 그곳에서 대원수의 진영을 펼치고 일행이 오기를 기다렸다. 이윽고 위국공과 부인의 일행이 나타났다. 계월이 급히 나아가 황후와 태자를 맞고는 오랫동안 고생하게 만들었음을 사죄했다. 그리고 위국공 앞에 나아가 절하며 울었다. 위국공이 계월을 붙들고 말했다.

"하마터면 너를 다시 보지 못할 뻔했구나."

서로 한참을 눈물 흘리며 위로했다.

다음 날 황후마마와 태자를 모시고 황성으로 향했다. 그 모습이 전쟁에서 승리한 군대가 개선하는 것처럼 호화롭고 기쁨과 활기로 가득했다. 위국공은 화려한 안장을 얹은 말 위에 당당하게 앉았고, 삼천 궁녀들이 초롱에 불을 켜서 들고 황후와 부인들의 가마를 옹위하며 좌우로 벌어져 따라왔다. 그 뒤에서 피리 소리, 북소리, 나팔 소리가 울려왔다. 장안에 도착하여 황성에 들어가니, 황제가 일행을 맞이하며 기뻐 어쩔 줄 몰라 했다. 황후가 황제에게 말했다.

"피란하여 가고 있는데 중도에서 위국공을 만나게 되었습니다. 그리

연찬 임금이 거둥할 때 타고 다니던 가마

지 못했다면 아마도 죽고 말았을 겁니다."

그동안 있었던 일을 자세히 말하니, 황제가 듣고 위국공을 다시 칭찬했다.

"경이 아니었다면 어찌 내가 황후와 태자를 다시 볼 수 있었겠소."

황제는 기뻐 크게 잔치를 벌이고 즐거워했다. 잔치를 마친 후에 계월은 위국공과 부인들을 모시고 자신의 궁궐로 돌아왔다. 처소에 위국공과 정렬부인이 앉고 그 곁에 보국도 앉아 이야기를 나누었다.

잠시 후 여자 옷으로 갈아입은 계월이 방으로 들어와 부모님을 모셨다. 그러는 중에 시녀들이 한 어린아이를 안아다가 계월에게 건넸다. 그 모습을 본 정렬부인이 물었다.

"그 아이는 뉘 집 아이냐? 누구이기에 데려온 것이냐?"

계월이 눈물을 흘리며 답했다.

"소녀가 낳은 아이입니다."

이 말에 정렬부인을 비롯해 모든 부인들이 놀랐다. 기뻐하며 아이를 서로 안아 보려 했다. 위국공이 아이를 안고 칭찬했다.

"이 아이의 관상을 보니 어미를 본받았구나. 열 살이 되면 그 이름을 사방에 떨치겠구나. 아이는 몇 살이뇨?"

"다섯 살입니다."

위국공은 도사의 초가에 피란 가 있는 동안 아이를 낳았겠구나 생각했다. 그러자 도사가 주었던 편지가 떠올랐다. 가져온 행장을 시종에게 들여오라 해서 편지를 꺼내 계월과 보국에게 주었다. 편지를 받아 든 계월과 보국은 편지를 앞에 놓고 스승의 은혜에 감사하며 네 번 절했다. 그리고 편지를 뜯어보았다.

이 편지를 계월과 보국에게 부치노라. 그 옛날 내가 너희를 명현동에서 가르쳤는데, 그 인연이 백운동까지 이어지게 되었구나. 너희가 과거에 급제했을 때 잠시 보고는 지금까지 보지 못했구나. 서로 만나지 못했지만 생각하는 정은 더욱 깊어지는구나.

나는 세월이 흐르는 것과 세상일이 굴러가는 것에 생각이 없다. 모든 것을 떠나 정처 없이 다니는 몸이어서 산속에서 풍경만 친구 삼아 여기저기 떠돌며 흥에 겨워 살고 있다. 깊은 산속에 몸을 숨겨 밝은 달과 시원한 바람을 친구 삼고 두견새와 접동새의 울음소리를 노래 삼아 지내고 있다. 이러다 보니 너희를 만나지 못했다. 그래도 너희가 조정에 올라 이름을 날리는 그 위엄과 장한 기운은 나도 알고 있다.

하지만 곧 세 번 죽을 액운이 있다. 제발 조심하거라. 지금 오왕의 아들과 초왕의 아들이 다시 반란을 꾀할 운세이다. 특히 계월아! 네가 죽인 맹길의 아우 맹순이 제 형의 원수를 갚겠다며 벼른다 하는구나. 그러니 이번에 변란이 생겨도, 계월이 너는 이 일에 나서지 마라. 보국아! 네가 힘과 용기를 내어 스스로 원수가 되기를 황제께 청해라. 그리고 큰 공을 세워 나라를 지켜라.

부디 위로 임금을 섬겨 충성하고 아래로 부모를 섬겨 효도하거라.

곽 도사의 글을 읽은 두 사람 모두 스승의 은혜에 깊이 감동했다. 그리고 남쪽 오나라와 초나라의 상황을 주의 깊게 살피며 낌새를 탐지하기 시작했다.

여보국의 출전

이때 황제는 반란이 일어났던 오나라와 초나라를 제대로 다스리기 위해 고민했다. 그래서 위국공 홍무를 초나라 왕에 봉하고, 여공을 오나라 왕에 봉하려 했다. 문무대신*들과 모든 관리들을 모아 놓고 이를 의논하고 있는데, 갑자기 천성 군수가 올린 장계가 도착했다. 황제가 급히 열어 보았다.

오나라와 초나라 두 나라의 예전 왕의 아들들과 맹길의 아우 맹순이 반란을 일으켰습니다. 지금 장수 천 명과 병사 사십만을 거느리고 벌써 오십여 성을 항복시켰습니다. 천축대를 지나 우문영을 넘어 장사에 진을 치고 천성관을 치려 노리고 있습니다. 소장의 힘으로는 도저히 당하지 못할 것 같습니다. 급히 뛰어난 장수를 뽑으시

문무대신文武大臣 문관과 무관의 모든 대신들

어 방비해 주옵소서.

황제가 장계를 보고 크게 놀라 곧바로 대신들과 의논했다.
"이들은 큰 도적들이다. 웬만한 장수로는 당하지 못할 것이다. 짐의 소견에는 계월을 불러 임무를 맡기는 것이 좋을 듯하다. 경들의 생각은 어떠한가?"
그러자 한쪽에 있던 대신이 앞으로 나서며 말했다.
"폐하, 소신이 재능이 없어 어리석고 무능하나, 한 번 북을 크게 쳐서 도적들을 평정하고 적장의 머리를 베어 폐하의 근심을 덜어 드리겠습니다. 저에게 이 일을 맡겨 주옵소서."
황제가 누구인지 보니, 다른 사람이 아니라 대사마 대장군 이부시랑 여보국이었다. 계월을 다시 대원수로 보내야 한다고 황제 스스로 말하기는 했지만, 속으로는 계월이 여자라는 것 때문에 고민하고 있었다. 그런데 이렇게 씩씩하게 보국이 나서자 황제는 감동하며 마음이 놓였다.
황제가 크게 기뻐하고는 여보국에게 대원수의 신표를 내렸다. 보국이 땅에 엎드려 임무를 받고 자신의 궁궐로 돌아왔다. 그리고 계월에게 황궁에서 있었던 일을 말했다. 그러자 계월이 말했다.
"지금 부군께서 대원수가 되어 만 리 밖의 전쟁터로 가신다고 하니 걱정이 됩니다. 제가 모시고 가고 싶지만 스승님께서 편지에 하신 말씀이 있어 이번에는 나서지 않아야 할 것 같습니다. 그러니 부디 조심하여 군사들을 잘 다스리고 엄히 호령하셔서 적군의 진영을 가볍게 보고 함부로 나서지 못하게 하십시오."
그러고는 한참 고민하더니 다시 말했다.

"혹시 급한 일이 생기면 저에게 연락하세요. 그러면 제가 즉시 달려가겠습니다. 부디 조심하셔야 합니다."

원수가 된 여보국이 말했다.

"그리하겠소. 너무 염려 마시오."

말을 마치고는 아버지 여공과 어머니 공렬부인에게 하직하고 갑옷을 입고서 늠름하게 나섰다. 보국은 장수 천여 명을 거느리고 급히 행군하여 떠났다. 계월은 계속 걱정이 되어 성 밖 이십 리까지 나가 보국을 전송했다.

여 원수가 행군한 지 여러 날이 지나 드디어 장사 땅에 도착했다. 적들을 보니 구름이 들판에 가득 깔려 있는 것처럼 어마어마한 규모였다. 또한 그 진영을 세운 것을 보니 단단하기가 철옹성 같았다. 원수가 적진을 향하여 진을 치게 하고 중군장에게 전령을 내렸다.

"진을 굳게 닫고 나서지 마라. 진영을 지키는 군사들은 대열을 굳게 정비하고 흐트러지지 마라."

다음 날 아침이 되었다. 적장 맹순이 갑옷을 갖추어 입고 칠 척 장검을 휘두르며 진문 밖에 나섰다. 그러고는 큰소리로 외쳤다.

"여보국은 들어라! 아무 죄 없는 오나라와 초나라의 왕들을 죽이고, 내 형 맹길을 죽인 계월은 어디에 있느냐? 내 오늘은 우선 너의 머리를 베고, 황성에 달려가 계월을 잡아내어서는 목을 베어 내 형을 죽인 원수를 갚으리라. 그리고 황제를 사로잡아 오왕과 초왕을 죽인 원한을 풀리라. 바삐 나와 내 칼을 받아라."

원수가 크게 노했다. 중군장에게 나서서 맹순을 대적하라 명했다. 명령을 받은 중군장이 달려들 듯 말에 올라 호쾌하게 나섰다. 맹순과 어울려 십여 합을 싸웠지만 승부를 내지 못했다. 그런데 갑자기 맹순의 칼이 번쩍이는 듯하더니 중군장의 머리가 땅에 떨어졌다. 맹순이 기이하게 웃으며 칼춤을 추면서 비아냥거렸다. 원수는 장군대에 앉아 있다가 중군장이 죽는 것을 보고 깜짝 놀랐다. 칼을 들고 진영 밖으로 뛰어나가며 맹순을 불렀다.

"네 이놈, 네가 감히 황제 폐하의 위엄을 모르고 대국을 침범하더니 이렇게 간사한 짓을 하느냐. 나는 황제 폐하를 대신하여 너를 벌하러 왔노라. 내 칼을 받아라."

여 원수의 고함 소리가 웅장하여 산천이 진동하고 북해의 물이 용솟음치는 듯했다.

"내 오늘 네놈의 머리를 베고 오·초 두 나라의 머리에 피도 마르지 않은 왕들을 사로잡아 황제 폐하께 바치리라."

이 말에 적장 맹순이 분노했다. 이를 갈며 칼을 휘두르면서 달려들었다. 원수와 맹순이 어울려 싸우는데 백여 합이 넘었지만 승부가 나지 않았다. 두 사람의 칼빛이 번뜩이는 것이나 타고 있는 말들이 어우러지며 투레질하는 소리가 정신없었다.

하지만 차츰 맹순의 칼빛이 둔해졌다. 반면 여 원수의 칼 쓰는 속도는 점점 빨라지며 번뜩거리기가 눈부실 지경이었다. 날이 저물기 시작하자 맹순이 한층 더 위험해졌다. 그것을 보고 있던 오·초 진영에서 징을 쳐서 맹순을 불러들였다. 여 원수는 몸을 빼서 도망치는 맹순을 뒤쫓으려 하다가 날이 저문 것을 알고 그만두었다. 진영에 돌아온 원수는 의기양양하게 내일은 반드시 결판을 내겠다고 다짐했다.

오방 구슬과 옥 호리병

한편 오왕과 초왕은 맹순과 원수가 싸우는 것을 보고 걱정이 태산 같았다. 맹순의 칼빛은 점점 둔해지는데 원수의 칼빛은 검은 구름을 헤치고 번개가 치는 것처럼 날카로웠기 때문이다. 내일 역시 크게 다르지 않을 것이라는 생각이 들자 근심이 떠나질 않았다.

걱정하던 오왕이 결심했다. 그는 군중에 모시고 온 공 도사를 청해서 말했다.

"아무래도 선생께서 수단을 강구하셔야겠습니다."

그러고는 오늘 싸움의 상황을 말했다.

"내일은 여보국을 잡도록 선생께서 도와주십시오."

공 도사가 웃으며 말했다.

"어찌 그깟 코흘리개 아이 같은 보국 따위를 근심하십니까. 걱정 마십시오."

도사는 여유 있게 미소까지 지었다. 그러고는 자신 있게 말했다.

"내일까지 기다릴 게 뭐 있습니까. 지금 당장 보국을 잡아 오지요."

도사는 품에서 다섯 방위를 상징하는 청·홍·흑·백·황 다섯 구슬을 꺼냈다. 그러더니 그것을 하늘로 던지며 주문을 외웠다. 그러자 구슬들이 동·서·남·북·중앙을 맡은 하늘나라 장수로 변했다. 이 오방五方 신장神將이 공 도사 주위에 내려앉으며 도사의 명령을 들으려고 머리를 조아렸다. 공 도사가 말했다.

"즉시 명나라 진영으로 날아가 여보국을 잡아 오라."

말을 마치자마자 순식간에 오방 신장이 하늘로 치솟으며 날아가 버렸다. 이런 광경을 보고 있던 오왕과 초왕 그리고 맹순이 놀라 넋을 잃고 말았다.

이즈음에 곽 도사는 남방에 병란이 일어난 것을 알고 있었다. 무술과 술법에 능한 계월이 아니라 보국이 출전하도록 했기 때문에 계속 근심하고 있었다. 그래서 밤마다 별들의 움직임과 하늘의 기운을 보며 상황을 가늠하고 있었다.

그러던 어느 날 갑자기 밤하늘의 천기가 기이하게 변하더니 요사스러운 기운 다섯이 나타나 명나라 진영으로 흘러가는 것이 아닌가. 놀란 곽 도사가 즉시 손에 들고 있던 흰 깃털 부채를 공중으로 던졌다. 어디론가 쏜살같이 사라졌던 흰 부채가 잠시 후 나타났다. 그런데 형형색색으로 기이한 다섯 가지 색을 띠는 뭔가를 몰며 날아왔다. 곽 도사가 손을 뻗어 흔들자 깃털 부채가 천천히 도사의 손으로 내려앉았다. 그러자 부채에서 다섯 개의 구슬이 툭 하고 땅에 떨어졌다. 공 도사가 공중에 던졌던 바로 그 다섯 구슬이었다. 곽 도사가 구슬을 주워 들고 보았다.

'남방에 있는 공 도사라는 자가 백성들의 마음을 혼란하게 하고 간사한 술법으로 정신을 어지럽힌다고 하더니, 그자의 짓이구나.'

곽 도사는 그 구슬들을 품에 넣었다.

'공 도사의 악행이 자자한 것을 보면, 분명 그의 술법이 이 정도만은 아닐 것이다.'

이렇게 생각하고는 다시 하늘의 운행을 유심히 바라보았다.

이때 오·초 진영에 있던 공 도사는 깜짝 놀라고 말았다. 자신의 오방 신장 구슬이 힘을 잃고 갑자기 사라졌기 때문이었다. 놀란 공 도사가 말했다.

"명나라 원수의 진영에 신인神人이 있는 것이 틀림없다. 그렇지 않고서야……."

그러고는 다시 이를 갈며 말했다.

"내가 가장 아끼는 신장 구슬이 이렇게 되다니 어찌 분하지 않겠는가. 내가 마땅히 직접 그 신인과 여보국을 함께 잡아들여 이 수치를 씻겠다."

그러면서 품에서 옥으로 만든 호리병 하나를 꺼냈다. 그리고 그 호리병의 주둥이를 명나라 진영 쪽으로 향하게 들고서 중얼중얼 주문을 외웠다. 그러자 갑자기 호리병에서 검은 구름이 세차게 뿜어져 나오더니 명나라 진영을 향해 쏜살같이 달려드는 것이 아닌가.

이때 명나라 군사들은 진영에서 진문을 굳게 닫고서 지키고 있었다. 그런데 갑자기 어디선가 검고 음산한 바람이 불어오더니 앞뒤를 분간하지 못할 정도로 깜깜하게 되었다. 점점 바람이 세차게 불더니만, 뭔가가 자꾸 잡아당겨 어디론가 끌고 가려는 듯했다. 아무리 버텨도 소용이 없었다. 점점 거세지는 바람에 끌려 진영의 천마이 뽑혀 날아가고 깃발이 부러져 날아가 버렸다. 놀란 말들이 울부짖더니 급기야 검은 구름을 따라 휙휙 공중으로 날아갔다. 그러더니 명나라 진영의 군사들과 장수들까지 하나둘씩 모두 공중의 검은 구름 속으로 빨려 올라가고 말았다.

이런 일이 벌어지고 있을 때, 곽 도사는 하늘의 움직임을 보며 대비하고 있었다. 검은 구름이 명나라 진영을 둘러싸는 것을 보고, 곽 도사가 급히 품에서 오색 종이를 꺼내 공중에 던졌다. 그러자 눈앞에 오색 무지개가 펼쳐지더니 그 무지개가 동해까지 뻗어 나갔다. 곽 도사가 소리쳤다.

"동해 용왕과 천상의 장수들은 급히 나와 위급함을 구하라."

이 말이 미처 끝나기도 전에 무지개를 따라 용이 날아왔다. 그리고 그 뒤를 따라 하늘나라 장수들이 무수히 내려와 곽 도사 앞에 늘어섰다. 도사가 말했다.

"지금 명나라 원수 여보국의 진영에 괴상한 일이 벌어지고 있다. 오·초의 반란을 평정하러 왔다가 남방의 공 도사가 부린 술법에 걸린 것 같다. 급히 가서 구하라."

그러자 용이 길게 몸을 흔들며 하늘로 치솟고 그 뒤를 하늘나라 장수들이 따라갔다.

이때 공 도사는 옥 호리병을 들고 땀을 흘리며 주문을 외우고 있었다. 그런데 갑자기 하늘에서 큰 호통 소리가 나더니 하늘나라 장수들이 뛰어 내려왔다. 놀란 공 도사가 얼떨결에 주문을 멈추자, 용이 달려들어 공 도사의 옥 호리병을 낚아채 갔다. 그러자 사정없이 불던 음산한 바람이 사라지고 주변에 자욱하게 꿈틀거리던 검은 구름이 삽시간에 걷혀 버렸다. 갑작스러운 일을 당한 공 도사는 땅에 엎어져 탄식하고 말았다.

"아아, 명나라를 돕는 신인이 곽 도사로구나. 중원에서 용신龍神을 부릴 수 있는 자가 곽 도사라고 하더니……, 그를 만나게 될 줄은 몰랐다."

공 도사는 하늘을 우러러보며 길게 탄식했다.

"곽 도사의 신기한 술법은 세상에 따를 자가 없다. 이제 오방 구슬과 옥 호리병을 잃었으니 내가 어찌 도사라고 할 수 있겠는가. 도사라는 이름이 부끄럽다. 곽 도사가 나를 죽이지 않은 것이 다행이다."

갑작스러운 상황에 넋을 잃고 있던 오왕과 초왕이 공 도사를 위로하려 했다. 그러자 공 도사가 말했다.

"아니오. 내 이제 곽 도사를 찾아가 죄를 인정하고 용서를 빌겠소. 그래서 그의 제자가 되는 것이 차라리 낫겠소. 이제 나를 찾지 마시오."

그러더니 즉시 그 자리를 떠나가 버렸다.

이때 용신이 곽 도사에게 돌아가 옥 호리병을 바쳤다. 곽 도사가 호리병을 받아 들고 급히 문지르며 주문을 외우자 호리병에서 검은 구름이 꾸역꾸역 쏟아져 나왔다. 그 구름을 따라 명나라 군사와 장수들이 호리병 속에서 하나둘씩 나오기 시작했다. 모두 지치고 정신이 없어 곧 죽을 지경이었다. 이윽고 대원수 여보국도 호리병 속에서 나왔다. 목마름을 견디지 못해 여기저기 쓰러진 명나라 군사들을 보고, 곽 도사가 급히 용신에게 명령했다.

"이들에게 물과 먹을 것을 주어라."

그러자 용신이 하늘로 날아 올라갔다. 잠시 후, 비가 억수같이 쏟아지더니 그 비와 함께 날아가던 새들과 과일들이 같이 떨어졌다. 물과 먹을 것을 먹고 난 군사들이 정신을 차렸다. 보국도 정신을 차리고 나니 눈앞에 곽 도사가 서 있는 것이 보였다. 반가운 마음에 도사 앞에 달려가 절하고 말했다.

"스승님의 도움이 아니었다면 모두 죽었을 겁니다. 더불어 명나라의 운세도 기울 뻔했습니다."

그러고는 계월과 결혼한 이야기와 자식을 낳은 일, 그동안의 전쟁 등에 대해 빠짐없이 말했다.

"이 모두 스승님의 넓으신 은혜 덕분이옵니다. 이 은혜는 이승에서

다 갚지 못할 것입니다."

이러면서 보국이 눈물을 흘렸다. 도사가 원수의 손을 잡고 위로했다.

"이제 걱정 마라. 오늘은 여기서 쉬고 내일 떠나라. 그래서 다시 맹순을 막아라. 이제 공 도사가 사라졌으니 네가 능히 이길 수 있을 것이다."

다음 날 떠날 때가 되었다.

"언제 다시 스승님을 뵈오리까?"

"나는 정처 없이 돌아다니는 몸이니 쉽게 만나지는 못할 것이다. 이제 이별하면 삼 년 후에 계월을 만경창파˙에서 만날지도 모르겠다. 너무 섭섭하게 생각지 마라. 다만 앞으로 액운이 남아 있으니 각별히 조심하거라."

말을 마치고는 곽 도사가 품에서 편지를 꺼내 주었다.

"이것을 계월에게 주어라."

그러더니 두어 걸음 앞으로 걸어 나가 땅에서 나뭇잎 하나를 주워 공중에 던졌다. 그러자 그 잎이 점점 커졌다. 도사가 그 나뭇잎 위에 올라서자 나뭇잎이 천천히 움직이더니 공중으로 사라져 버렸다. 보국이 공중을 향해 네 번 절하고 길을 떠났다.

보국은 여러 날 만에 맹순의 진영에 다다라 맹순과 싸워 그를 쳐 죽였다. 다만 초왕과 오왕은 공 도사가 떠나가자 이미 질 것을 알고 어디론가 도망쳐 버린 후여서 잡지 못했다. 승전한 보국이 군사들을 이끌고 장안 황성으로 회군했다.

만경창파萬頃蒼波 만 이랑의 푸른 물결이라는 뜻으로, 한없이 넓고 넓은 바다를 이르는 말

새로운 오왕과 초왕

황제는 남방을 평정하라고 여보국을 원수로 삼아 보내 놓고 소식이 오지 않자 밤낮 근심하고 있었다. 잠도 제대로 이루지 못하고 밥을 먹어도 맛을 몰랐다. 그때 황성 남문의 수문장이 여 원수의 승전보와 적장 맹순의 머리를 봉하여 올렸다.

황제가 크게 기뻐하였다. 즉시 장안 큰길에 말뚝을 박고 반란군 우두머리 맹순의 머리를 거기에 매달게 했다. 백성들이 보고 반란이 평정되었음을 알게 하려는 것이었다. 승전했다는 말이 위국공과 여공에게도 들렸다. 그 소식을 계월도 들었다. 계월은 비로소 마음을 놓았다.

얼마 후, 승전한 여 원수가 장안에 도착했다. 황제와 대신들이 황궁을 나가 원수를 맞이했다. 황제가 공을 치하하자 원수가 땅에 엎드려 절하며 보고했다.

"승전한 것은 모두 폐하의 넓은 덕 때문입니다. 소장이 한 일은 아무것도 없나이다."

황제가 크게 칭찬하고 이미 좌승상인 여 원수에게 청주후를 겸하게 하였다. 그리고 평정된 남방을 안정시키기 위해 오래전부터 생각해 오던 것을 시행했다. 황제는 여공을 오왕에 봉하고, 위국공 홍무를 초왕에 봉해 오나라와 초나라가 안정되기를 꾀했다. 이 모든 분부를 들은 여 원수는 황제의 은혜에 감사하고 자신의 궁으로 돌아갔다.

계월이 중문 밖에 나와 개선한 원수를 맞았다. 한동안 걱정하던 것이 사라지고 그리워하던 남편을 만나게 되니 계월의 즐거움은 이루 다 말할 수 없었다. 보국이 전쟁터에서 싸우다가 공 도사의 술법에 당할 뻔한 이야기를 했다. 스승 곽 도사의 도술로 살아난 것과 이후 죽을 액을 조심하라는 말도 했다. 그러고는 곽 도사가 준 편지를 꺼내 계월에게 주었다. 계월이 편지를 뜯어보았다.

> 두어 자 글을 쓴다. 이후 붉은 것을 조심하라. 죽을 액운이 있다. 내 친히 가서 말하고 싶으나 인연이 없어 그러지 못한다. 이후 서로 인연이 닿으면 보자.

며칠 후 황제가 초왕이 된 홍무와 오왕이 된 여공을 각각 임지로 떠나게 했다. 황제가 말했다.

"오나라와 초나라 두 나라에 올바른 정사*가 사라진 지 오래되었소. 자주 반란이 일어나는 것은 그 때문이오. 이제 경들을 그곳에 보내니 짐의 뜻을 잘 새겨 오나라와 초나라의 백성들을 잘 보살피고 나라를 튼

정사政事 정치 행위 또는 행정상의 일

튼하게 하기 바라오. 그래서 부디 경들의 어진 이름이 역사에 빛나게 하시오."

초왕 홍무와 오왕 여공이 황제의 은혜에 감사하고 물러 나왔다. 집으로 돌아온 이들은 계월과 보국을 불러 말했다.

"우리가 이렇게 왕이 된 것은 위로 황제 폐하의 은혜요, 아래로 곽 도사와 너희의 덕이라 하겠다. 우리는 각기 임지인 남방으로 떠나지만 너희는 이 황성에 남아 황제 폐하를 잘 보필하고 충성을 다해라."

계월과 보국이 부모님의 말씀에 대답하고 절했다. 그날 밤에 계월이 보국에게 말했다.

"며칠 동안 밤에 꿈을 꾸는데 모두 사나운 꿈들이에요. 아무래도 불안해요. 당신이 황제 폐하께 말씀드려 두 분을 모시고 부임지까지 다녀오는 것이 낫겠어요."

보국이 그러겠다고 대답했다. 다음 날 보국이 황제를 뵙고 말했다.

"지금 남방이 평정되었다고는 하나 아직 민심이 다 돌아오지는 않았습니다. 무지한 백성들이 황제 폐하의 은혜를 제대로 모르기 때문에 어떤 일이 일어날지 모릅니다. 바라옵건대 이번 새 오왕과 초왕이 부임지로 갈 때 소신이 모시고 다녀온다면, 혹시 있을지도 모를 변란을 막을 수 있을 듯합니다. 허락해 주옵소서."

황제가 생각하더니 그렇게 하라고 했다.

이때 지난 반란에서 맹순을 버리고 도망쳤던 오왕과 초왕이 야심을 버리지 않고 있었다. 둘은 남방 외국으로 도망쳐서 그곳에서 군사들을 모으고 있었다. 그중에 왕윤이라는 무예가 뛰어난 자를 얻게 되었다. 그때 황제가 오나라와 초나라에 새 왕을 임명했다는 소식이 들려왔다.

그 소식에 분노한 옛 오왕이 왕윤을 불러 새로 부임하는 왕을 도중에 죽이라고 하였다.

"네가 공을 세우면 오나라와 초나라 반을 떼어 주겠다."

왕윤이 크게 기뻐했다. 왕윤은 병사 천 명을 이끌고 몰래 구의산에 매복하고서는 황성에서 내려오는 행차를 기다렸다. 보국은 선봉이 되어 오왕과 초왕 행차를 모시고 남방으로 내려갔다. 그렇게 몇 달이 걸려 오나라와 초나라 경계인 구의산에 도착했다.

두 나라 백성의 대표들이 나와 두 왕을 맞이했다. 위의•를 차리고 예식을 거행한 후, 황제가 있는 북쪽을 향해 절하고 각 나라 대신들을 따라 길을 나눠 떠나려 할 때였다. 갑자기 큰 소리가 나며 숨어 있던 병사들이 산과 골짜기에서 쏟아져 나왔다. 백성 대표로 와 있던 자들도 갑자기 돌변해 오왕과 초왕을 끌어내 결박해 버렸다.

이때 보국은 두 왕이 가야 할 지형들을 미리 돌아보고 있었다. 그런데 갑자기 어지럽게 들리는 소리에 놀라 말을 달려 돌아왔다. 위급한 상황을 본 보국은 칼을 빼 들고 달려들어 왕윤과 싸웠다. 수십여 합을 싸웠지만 승부가 쉽게 나질 않았다. 그러나 목숨을 걸고 오왕 여공과 초왕 홍무를 지키려는 보국의 서슬에 왕윤이 실수하여 그만 칼을 놓치고 말았다. 그 순간 왕윤의 목이 달아나 버렸다. 왕윤만 믿고 왔던 남방의 군사들은 왕윤이 죽는 것을 보자 혼비백산하여 흩어졌다.

보국은 오왕과 초왕을 결박했던 자들을 죽이고 두 왕을 구출해 냈다.

위의威儀 위엄이 있고 엄숙한 태도나 차림새

그리고 두 왕을 각기 부임지에 무사히 모셔 드렸다. 각각 오나라 수도와 초나라 수도에 부임한 오왕 여공과 초왕 홍무는 문무백관을 불러 예로 대하고 덕으로 감쌌다.

두 나라를 왕래하며 지켜보던 보국은 차츰 상황이 안정되어 백성들이 황제의 덕을 사모하게 되자, 비로소 장안 황성으로 돌아왔다. 보국은 황제에게 그간의 일을 보고하고 물러가, 계월과 함께 세월을 보냈다.

마지막 액운

세월이 흘렀다. 그동안 계월과 보국은 스승의 말씀을 새겨 매사에 조심하며 위로 황제를 받들어 충성을 다하고, 아래로 부모님을 생각하며 때마다 소식과 예물을 보내 효성을 다했다. 남방을 평정한 지 삼 년이 되었을 때였다. 급한 장계가 올라왔다.

> 예전에 도망쳤던 옛 오왕과 초왕이 다시 반란을 일으켰습니다. 남방 외국의 장수 천여 명과 군사 수십만을 거느리고 오나라와 초나라를 공략하려 합니다. 다행히 태풍을 만나 황적강을 건너지 못하고 진을 치고서 상황을 노리고 있습니다. 바람이 잔잔해지기 전에 출중한 장수를 보내시어 도적들을 소탕하소서.

황제가 대신들을 모아 의논했다.
"이 일을 어쩌면 좋겠는가? 경들의 의견을 말하라."
때마침 보국이 병이 들어 회의에 참석하지 못했다. 대신들은 뾰족한

수를 내놓지 못하고 이리저리 눈치만 살폈다. 이 소식을 계월이 듣게 되었다. 계월이 상소문을 지어 올렸다.

신 홍계월은 머리를 조아려 절하고 황제 폐하께 글을 올립니다. 감히 폐하를 속인 신을 용서하시고 지금까지 살게 하신 큰 은혜를 만분의 일도 다 갚지 못했는데, 이번에 남방에서 변란이 일어났다는 소식을 듣게 되었습니다.
 신이 비록 재주가 없고 아둔하나, 남방의 도적들을 한칼에 없앨 용기는 있사옵니다. 엎드려 비옵건대 폐하께서 신을 대원수로 삼아 남방으로 나아가게 하신다면, 이 몸이 가루가 되어 죽는 한이 있어도 적들을 막아 폐하의 근심을 덜겠사옵니다.

계월의 상소를 본 황제는 기뻤다. 여자인 계월을 불러 전쟁터에 나가라 하는 것이 꺼려졌으나, 보국이 병중에 있는 이때에 계월이 직접 나서자 반가웠던 것이다. 더욱이 이제 겨우 안정되어 가는 오나라와 초나라가 위급하다는 생각 때문에 마음이 다급했다. 황제가 급히 군사를 모으고 계월을 대원수로 삼았다. 그리고 계월에게 명령을 내렸다.
"일이 급하니, 황궁에 들어와 예를 갖추지 말고 그 자리에서 즉시 출발하라."
황제의 명령에 계월이 신속히 군대를 정비하고 그날로 길을 떠났다. 홍 원수는 가는 도중에 바람이 잔잔해졌다는 소식을 들었다. 도적들이 이미 황적강을 건넌 줄 알고 밤낮 쉬지 않고 행군했다.
오나라와 초나라 접경 지역에 도착하니, 이미 도적들이 황적강을 건너 오초강가에 진을 펴고 있었다. 홍 원수가 장수들에게 명령을 내려 진을 펴고 쉬게 했다. 그리고 자신은 높은 곳에 올라가 적의 진세를 살폈다. 그 모습을 보니 자못 엄숙하고 굳센 것이 쉽게 깨뜨릴 적이 아니었다. 돌아와 밤새도록 어떻게 적들을 깨뜨릴지 생각했다.

그때 갑자기 원수의 막사 문이 열리며 한 사람이 나타났다. 원수는 깜짝 놀랐다. 바로 여보국이었다. 들어선 보국이 바닥에 한쪽 무릎을 꿇는 예를 취하며 원수에게 말했다.

"중군장 여보국이 지금 왔나이다."

놀란 원수가 보국에게 물었다.

"아니 어찌 왔는가? 그대는 병이 깊지 않았던가?"

"비록 병이 깊으나 원수가 출전하시는데 어찌 중군장이 따르지 않겠나이까. 원수께서 떠나신 후에 황제께 간청하여 원수를 뒤쫓아 오게 되었습니다."

홍 원수는 보국이 와서 중군을 맡게 되자 든든하여 마음이 놓였다.

다음 날 아침에 적장 달복매가 진영 앞으로 나서서 말했다.

"적장 홍계월은 바삐 나와 내 칼을 받아라. 네 머리를 베어 전날 우리 왕들의 원수를 풀겠다."

홍 원수가 이 말을 듣고 나는 듯이 말 위에 뛰어올랐다. 곧 진문 밖으로 달려 나가 적장을 맞아 싸웠다. 달복매의 검술도 대단했지만 홍 원수를 당할 수는 없었다. 얼마 지나지 않아 달복매의 머리가 말 아래로 굴러떨어졌다. 또다시 적장 호영리가 내달아 삼십여 합을 싸웠지만 마찬가지였다.

그때 적진 중에서 한 장수가 붉은 부채를 들고 명나라 진영을 향해 세

게 부쳤다. 그러자 갑자기 붉은 안개가 일어나 원수를 둘러싸며 조여 왔다. 눈앞에 붉은 안개만 가득하니 정신이 어질어질했다. 원수는 길을 잃고 어찌할지 몰라 당황했다. 붉은 안개는 수천 갈래로 갈라지면서 원수를 더욱 조였다. 원수는 어찌지 못해 하늘을 우러러 탄식했다.

예전에 이미 곽 도사는 삼 년째 되는 해에 액운이 미칠 것을 알고 있었다. 그래서 밤낮으로 하늘의 운행을 살피며 대비하고 있었다. 아니나 다를까 갑자기 붉은 기운이 남방에 짙게 퍼지면서 어지러워졌다. 곽 도사가 품에서 오색 종이를 꺼내 던졌다. 그러자 무지개가 생기더니 다시 용신이 나타났다. 곽 도사가 용신에게 분부했다.

"네 속히 오나라와 초나라 접경 지역으로 가서 적들을 함몰시켜라."

곽 도사의 명령에 용신이 비바람을 몰고서는 하늘로 날아올랐다. 그러더니 삽시간에 오초강가로 가서 폭우를 쏟아붓기 시작했다. 갑작스런 폭우에 적진은 물난리가 났다. 거센 바람과 함께 한 치 앞을 내다볼 수 없게 퍼붓는 비로 진영은 아수라장이 되었다. 군사들이 물에 휩쓸려 오초강으로 흘러 내려가고 말들과 병사들의 무기도 어디로 갔는지 알 수가 없었다. 반란을 일으켰던 예전 오왕과 초왕도 역시 홍수에 휩쓸려 가고 말았다.

천천히 비가 개었다. 홍 원수는 자기를 조이던 붉은 기운이 비에 씻겨 나가자 정신이 차츰 들었다. 본진으로 돌아가려고 보니 어느새 곽 도사가 진영 앞에 와 있었다. 즉시 도사 앞에 무릎을 꿇고 절했다. 도시가 계월을 위로했다.

"고생이 많았다. 내 조금만 늦었다면 큰일 날 뻔했구나."

"제가 스승님 슬하를 떠난 후로 밤낮 스승님 뵙기를 소원했는데 이렇게 뵙게 되었군요. 삼 년 전 보국을 통해 편지를 보내서서 언젠가는 만날 줄 알았지만 이렇게 뵐 줄은 몰랐습니다. 스승님께서 직접 이렇게 오셔서 제 목숨을 살려 주시고 나라를 보존하게 하시니 정말 뭐라 감사의 말씀을 드려야 할지 모르겠습니다."

계월이 이렇게 말하며 본진으로 돌아왔다. 이때 중군장 여보국은 홍원수가 붉은 기운에 둘러싸여 죽었다며 통곡하고 있었다. 그런데 원수가 사부 곽 도사를 모시고 들어오자 놀라 눈이 휘둥그레졌다. 보국이 즉시 뛰어나와 곽 도사를 맞고는 네 번 절했다. 보국이 여쭈었다.

"사부께서 오실 것은 어느 정도 짐작했지만, 이렇게 오실 줄은 몰랐습니다."

도사가 말했다.

"너희는 이제 군대를 이끌고 황성으로 돌아가라. 전에 말했던 세 번의 액운이 모두 지나갔다. 이후로는 더 이상 액운이 없을 것이다. 그러니 이제 다시는 너희를 볼 일이 없을 것이다. 부디 충성으로 황제를 섬기고 효성으로 부모를 섬겨 역사에 이름을 남겨라."

그러고는 말릴 틈도 없이 몇 걸음 걷더니 홀연히 사라지고 말았다.

원수와 보국이 땅에 엎디어 슬피 울고는 공중을 향해 네 번 절했다. 그리고 황제에게 남방을 평정했다는 장계를 올렸다. 오왕 여공과 초왕 홍무에게는 편지만을 보냈다.

이번에 남방에 내려온 것은 국가의 큰 명을 받아 온 것으로 사사로운 길이 아닙니다. 그래서 찾아뵙지 못하고 그냥 올라가오니 저희의 마음을 헤아려 주옵소서.

그렇게 군대를 돌려 황성으로 올라왔다. 승전했다는 소식을 들은 황제는 장안성 밖 십 리까지 모든 대신들을 거느리고 나와 원수를 맞았다. 황제는 모든 장수들의 공을 치하하며 차례로 벼슬을 돋우었다. 그러고는 보국을 향해 말했다.

"경의 부부는 이미 벼슬이 더 이상 오를 데 없는 곳까지 올랐으니 짐과 함께 천수天壽를 누려라."

보국이 황제의 은혜에 감복하여 절하고 물러 나왔다.

세월이 흘러 계월과 보국의 나이가 마흔다섯이 되었다. 두 사람은 아들 셋에 딸 하나를 두었다. 자녀들 모두 아버지와 어머니의 모습과 기질을 타고나, 나라에 충성하고 부모에게 효도했다.

계월은 보국과 상의하여, 첫째 아들은 오나라 태자로 삼고, 둘째 아들은 초나라 태자로 삼게 했다. 셋째 아들은 대대로 훌륭한 뼈대 있는 가문의 규수와 결혼한 후 과거를 보게 했다. 셋째 아들이 급제하여 그의 아버지, 어머니처럼 시랑 벼슬을 하였다. 그리고 황제를 모셔 충성하기를 그의 부모처럼 극진히 했다. 딸은 좋은 집안에 시집을 가 행복하게 지냈다.

이때 황제의 덕이 천하에 떨쳤다. 해마다 풍년이 들고 온 세상에 근심과 걱정이 사라졌다. 백성들이 태평성대의 노래인 격양가擊壤歌를 부르며 배를 두드리면서 평안하게 살았다. 도적들이 사라졌고 길가에 물건이 떨어져 있어도 자신의 것이 아니면 줍지 않을 정도로 백성들이 정직해졌다. 계월의 자손들은 대대손손 귀족인 공작과 후작의 영화를 누리며 행복하게 살았다.

작품 해설
억눌린 시대, 빛나는 여성상을 제시한
여성영웅소설

❂ 대표적인 여성영웅소설

우리나라의 고전소설들은 유형이 꽤 다양하다. 각각의 특징을 중심으로 작품들을 묶어 보면 전기소설, 애정소설, 풍자소설, 역사소설, 영웅소설, 판소리계 소설 등으로 나눌 수 있다. 이 가운데 가장 작품 수가 많은 것이 영웅소설이다. 다시 말해 대중들이 가장 많이 좋아한 유형인 것이다. 이들은 서로 비슷비슷해 보이는 이야기 구조를 지니고 있어 편안한 마음으로 서사를 즐길 수 있으면서도, 세부적으로는 각 작품마다 미묘하게 얽히고설키는 과정이 독특해 감칠맛이 나기도 하므로 대중들이 좋아했던 이유를 짐작할 만하다.

영웅소설의 커다란 줄기는, 주인공이 어려서 환란을 당해 어려움에 빠지지만 기이한 인연으로 구조되고, 어진 스승을 만나 열심히 공부해 과거에 급제하며, 나라가 위납할 때 전쟁에 나가 공을 세우는 등 눈부신 활약을 한다는 이야기로 되어 있다. 쉽게 말해 탁월한 영웅이 고난과 역경을 이겨 내는 이야기이다. 이때 전쟁이 갈등과 해소에 중요한 역할을 하므로 군담軍談이 빠지지 않고 등장하는데, 그 때문에 영웅소설의 주인공들은 대부분 남성이다.

하지만 주인공이 남성이 아니라 여성인 경우도 있다. 그 수로 보면 남성이 주인공인 영웅소설에 비해 적기는 하지만, 따로 '여성영웅소설'이라 부를 정도로 꽤 많은 작품들이 있다. 여성영웅소설은 영웅소설의 커다란 줄기를 따르면서 한편으로 독창적인 변주를 시도한 작품들이라 할 수 있다. 이런 여성영웅소설들 가운데 가장 뛰어난 대표적인 작품이 바로 『홍계월전』이다.

여성영웅소설은 영웅소설과 마찬가지의 이야기 구조를 지니고 있지만, 주인공이 여성이기 때문에 몇 가지 독특한 점이 있다. 옛날에는 남성들만 과거를 본 뒤 벼슬을 하거나 전쟁에 나갈 수 있었기에, 여성영웅소설에서 주인공인 여성은 자신이 여성임을 숨기고 남성으로 가장해 과거에 응시하고 급제하여 벼슬을 한다. 전쟁에 나가 군공을 세울 때도 역시 남성처럼 행동한다. 그러다가 결국에는 주인공이 여성임이 밝혀지게 된다.

이렇게 여성이지만 남성처럼 꾸미는 데에 여성영웅소설의 독창적인 묘미가 있다. 여성이 남성으로 가장하게 되는 원인과 이유, 남성처럼 행동하고 공을 세울 때의 반응과 여성임이 밝혀졌을 때의 반응의 차이, 그런 차이에 대해 주인공인 여성이 대응하는 방식 등이 각각의 소설들마다 조금씩 다르다. 바로 대중적 흥미와 서사의 개연성, 작품의 세련미가 여기에 달려 있다.

● 강인하고 독립적인 여성, 홍계월

『홍계월전』의 주인공 홍계월은 어려서 부모와 생이별을 하고, 자신은 돗자리에 싸여 강물에 던져지는 신세가 된다. 거의 죽게 된 순간 여공에게 극적으로 구출되는데, 계월이 너무 어린 나이여서 여성임을 알아채지 못하고 남자아이로 여긴 여공은 자신의 아들인 동갑내기 보국과 함께 키운다. 자연스레 남성처럼 길러진 계월은 평국이라는 남자 이름으로 불리게 되지만, 그녀는 오히려 자신이 여성이라는 것을 밝히지 않고 곽 도사 문하에서 학문과 도술을 연마한 후 과거에 급제해 벼슬을 한다. 또한 위기에 처한 나라를 구하기 위해 전쟁에 나가 큰 공을 세우고 벼슬이 오르지만 그때도 역시 드러내지 않는다. 나중에 계월은 헤어진 부모를 만나기 위해서는 주체적으로 사회생활을 할 수 있는 남성이어야 했기 때문에 남성처럼 행동했다고 이유를 말했지만, 부모를 만난 후에도 자신이 여성임을 밝히지 않는다.

계월이 자신이 여성임을 밝히게 된 것은 어쩔 수 없이 벌어진 일 때문이었다. 병에 걸려 인사불성이 되어 있을 때 그녀의 건강을 염려한 황제가 어의를 보냈다. 이윽고 어의가 자신을 진맥하고 돌아갔다는 것을 정신을 차린 계월이 알게 된다. 황제의 어의가 자신이 여성임을 눈치챘다는 것을 안 계월은 비로소 자신이 여성임을 고백하는 상소문을 황제에게 올려 사죄한다.

이렇게 계월은 여성이지만 남성으로 사는 것을 더 원하는 모습을 보여 주는데, 어쩔 수 없이 남장을 했다가 남들의 오해를 사 남성처럼 행동하게 되는 다른 여성영웅소설들과 다른 점이 이것이다. 계월은 자신이 여성으로 세상을 사는 것보다 남성으로 사는 것이 더 유리하다는 점을 어려서부터 알았기 때문에 자신을 물에서 구해 준 여공에게조차 여자라는 사실을 숨겼고, 벼슬을 하고 공을 세우면서도 황제에게까지 밝히지 않았던 것이다. 이런 주체적인 의식이 홍계월의 강한 성격을 잘 드러낸다고 하겠다.

계월이 강한 성격을 지닌 주체적이고 독립적인 여성이라는 점은 그녀가 결혼을 반대하는 장면에서도 잘 드러난다. 여성이라는 것이 밝혀지자 결국 황제의 주선으로 동문수학하고 전생터에서 생사고락을 같이했던 여보국과 결혼하게 되는데, 그녀는 이를 못마땅하게 생각한다. 자신이 남편이 될 여보국보다 훨씬 뛰어난 능력을 지니고 있음에도 불구하고 결혼함으로써 남편에게 속하게 되는 신세가 되는 것에 반발한 것이다. 황제의 주선이 아니었다면 그녀는 결코 결혼하지 않을 생각이었다. 이런 계월의 생각은 남성 가부장 위주의 이데올로

기적 억압을 지니고 있는 당시의 결혼 제도에 대한 반발이자 비판이며, 무조건 남편에게 복종하고 집안에 숨어 지내야 하는 여성의 처지와 상황에 대한 문제를 통렬하게 지적한 것이다.

그래서 서사에서도 계월은 남편인 보국을 골리는데, 이는 과거 급제에서도 자신의 아래였고, 전쟁터에서도 자신의 지휘 아래 있었던 보국이 남편이라는 명목으로 자신의 위에 처하는 것이 몹시 못마땅하여 그런 것이다. 그래서 대원수의 신분으로 남편이 될 보국을 휘하 장수로 불러 이런저런 시비를 걸어 가며 곤욕을 치르게 한다. 이것은 능력에 상관없이 여성이 남성 아래 억눌려 지내야만 했던 당시 사회에 대한 우회적 비꼬기라고 할 수 있다.

나아가 계월이 여성임을 모두가 알게 되었음에도 불구하고 전쟁이 다시 발발하자 계월이 출전하게 되는데, 이는 계월이 아니면 해결할 수 있는 능력을 갖춘 장수가 없다는 것을 강조하는 것이다. 남편인 보국 역시 전쟁터에서는 여전히 그녀보다 한 수 아래로 그려지며, 겁에 질려 부인인 홍계월이 구해 주기만을 바라는 장면까지 연출된다.

『홍계월전』이 창작되고 읽히던 조선 시대가 여성에 대해 공정치 못했음이 단적으로 드러나는 것은 홍계월의 남편인 여보국의 마음가짐을 통해서다. 어려서 아버지 여공이 구출해 데리고 온 계월과 같이 자라고, 또 곽 도사 밑에서 동문수학하는 동안 그는 자신이 계월보다 능력이 조금 부족하다는 것을 알게 된다. 하지만 그는 계월에 대해 시기는 물론 질투조차 하지 않는다. 과거에 응시했을 때도 계월이 장원을 하고 자신은 2등을 하지만 그때도 역시 불만은커녕 오히려 장원급제를 기뻐해 줄 부모님이 계시지 않음을 슬퍼하지 말라며 계월을 위로한다. 전쟁이 일어나자 계월이 대장군이 되고 자신은 휘하 장수인 중군장이 되지만 이 역시 반발하지 않는다. 계월의 탁월함과 자신의 능력을 너무나 잘 알기 때문이다.

하지만 계월이 여성이라는 것을 알게 된 순간 마음이 완전히 뒤바뀐다. 그렇게 탁월하고 출중한 계월을 아내로 맞이하게 되지만 이를 기뻐하기보다는 묘한 감정을 품는다. 계월이 여성이면서 남성인 자신을 억누르려 한다는 것에 불쾌감을 넘어 크게 반발한다. 이런 모든 점은 결국 보국의 마음 깊은 곳에 '감히 여자가……!' 라는 여성에 대한 무시가 내재해 있기 때문이다.

여성영웅소설의 새로운 가능성

여성영웅소설은 실제 현실의 사회 체제에서는 불가능한 여성 영웅을 등장시켜 여성이 사회의 공적인 측면에서도 능력을 발휘할 수 있다는 것을 보여 주고, 나아가 여성에 대한 인식의 전환을 꾀하고 있다. 하지만 주인공인 여성이 남성으로 변장하여 능력을 드러내는 우회적인 방법을 택하고 있다는 점과 여성임이 드러난 후에는 기존 사회 체제인 남성 위주의 사회 내로 복귀하는 모습을 보여 준다는 점에서 일정한 한계를 지니고 있다.

하지만 『홍계월전』은 다른 작품과 달리 여성영웅소설의 새로운 가능성을 보여 준다는 점에서 주목할 만하다. 어려서부터 계월이 남성처럼 행동하는 것이나 결혼을 극구 하지 않으려는 것, 아내가 된 후에도 남편을 이리저리 골리며 분풀이를 하는 것, 결혼 이후에도 가정에 안주하지 않고 어느 남성도 해내지 못한 일들을 계속 해결해 나가는 것 등은 이야기의 끝까지 '여성의 능력과 탁월함' 을 유지하고 드러내려는 시도임이 분명하다. 다른 여성 영웅들이 결혼한 후 이른바 '현숙함' 이라는 가부장제에 포섭된 시각으로 포착되는 것과는 크게 다른 지점이다. 『홍계월전』이 여성영웅소설의 대표적인 작품이고 세련됨이 뛰어난 것도 결코 이와 무관치 않다.

『홍계월전』은 작가가 누구인지 모른다. 작품이 쓰인 시기 역시 정확하지 않다. 대략 19세기 정도일 것으로 추측할 뿐이다. 여성의 능력에 대해 이렇게 긍정적인 시각을 보여 주고 아울러 남성의 편협함을 드러낼 정도로 진보적인 생각을 담고 있는 것을 감안할 때 그렇다.

지금과 다른 통념이 지배적이었던 조선 시대 상황을 고려하면 앞으로도 저작권이나 창작에 관련된 이 작품의 작가를 밝히기가 어려울 것이다. 다만 지금과 달리 여성의 사회적·가정적 지위가 높지 않았던 시대 상황을 헤아리지 않으면 계월의 울분과 슬픔을 제대로 짐작하기 어려운데, 이런 점을 감안할 때 작가는 아마도 여성으로서의 억눌림과 괴로움을 십분 이해하는 사람이라고 생각된다. 분명 남성, 여성의 구별을 떠나 인간에 대한 따뜻한 애정의 눈빛을 지닌 사람이었을 것이다.

이 책은 단국대학교 도서관에 소장되어 있는 한글필사본 『홍계월전』 103장본(이하 단국대 103장본)을 저본底本으로 삼아 현대어로 풀어 쓴 것이다. 『홍계월전』은 다수의 필사본과 활판본이 전해지는데, 그중 단국대 103장본이 가장 내용이 충실한 이본이다. 대중적으로 유통되었던 활판본은 당시에 더 널리 읽혔다는 점에서는 의미가 있지만, 후대본이다 보니 오류가 있고 내용 역시 간략하게 된 부분이 많아 『홍계월전』을 제대로 이해하기 힘든 측면이 있다.

그래서 이 책에서는 단국대 103장본을 저본으로 삼아 풀어 쓴 뒤, 활판본을 참고해 필사본의 부족한 부분을 보완하고 가급적 쉽게 우리 고전의 향기를 느낄 수 있도록 노력했다. 하지만 현대어로 풀어 쓰다 보니 고전의 고전다움을 제대로 담아내지 못한 부분이 많고 이런저런 어색함이 엿보이는 것은 어쩔 수 없었다. 다만 이전에 나온 다른 현대어 풀이본들이 모두 활판본을 저본으로 했기에 온전히 보여 주지 못했던 『홍계월전』의 진면목을 이 책을 통해 어느 정도 보여 주게 된 것 같아 부족하나마 기쁨과 보람을 느낀다.